Las cosas que nunca se cuentan

Las cosas que nunca se cuentan

Antonella Lattanzi

Traducción de
César Palma

RESERVOIR
BOOKS

Penguin
Random House
Grupo Editorial

Título original: *Cose che non si raccontano*

Primera edición: mayo de 2024

©2023, Giulio Einaudi editore s.p.a., Turín
©2024, Penguin Random House Grupo Editorial, S. A. U.
Travessera de Gràcia, 47-49. 08021 Barcelona
©2024, César Palma Hunt, por la traducción
©1984, Stukas Edizioni Musicali s.r.l. – Milano, por la cita en el epígrafe
de *Notte prima degli esami*, letra y música de A. Venditti

Printed in Spain – Impreso en España

ISBN: 978-84-16195-20-6
Depósito legal: B-4.412-2024

Compuesto en La Nueva Edimac, S. L.

Impreso en Unigraf
Móstoles (Madrid)

RK 9 5 2 0 6

Le bombe delle sei non fanno male,
è solo il giorno che muore.

ANTONELLO VENDITTI,
Notte prima degli esami

UNO

Hemos ido al Circeo, a pesar de que era lo más absurdo que podíamos hacer. Lo más peligroso.

Desde hace meses tenemos la cabeza en otra parte. Demasiados meses. Tenemos la cabeza en otra parte y nos parece que todo el mundo tiene la cabeza en otra parte, igual que nosotros. Los médicos, los pocos amigos que saben y todos aquellos –la mayor parte de las personas que conocemos, de las personas que queremos– que no saben.

Hemos ido al Circeo, donde no hay cobertura, donde no hay conexión wifi, a ese monte en el que ocurrieron cosas horribles no hace muchos años; las rocas se recortan altas y crudas contra ti, mientras subes y bajas por las curvas cerradas, y sabes que estás solo. Si hay una emergencia, estás solo. Si mueres, estás solo.

Me tumbo en nuestra cama, al lado de Andrea, pero estoy aterrorizada. La cama está pegada a la pared de la casita de la playa que elegimos en marzo (marzo de 2021) –cuando todo acababa de pasar, pero no sabíamos que aún podía empeorar más–. Y me asfixia la esquina donde está encajonada la cama, la montaña en la que nos hemos metido sin poder comunicarnos con nadie. El terror que siento es más alto y más negro que esta montaña.

Andrea coge un libro. Yo estoy pendiente de lo que le pasa a mi cuerpo, y oigo la sangre correr fuera de mí, como ocurre desde febrero. Ahora es junio. Sangre en gotas, en grumos, en chorros, en cubos. Ahora sale líquida e infinita mientras estoy tumbada, y me ordeno no respirar. A lo mejor, si no respiras, la sangre se acaba.

Pero a Andrea no puedo confesarle mi pavor, porque me diría: regresemos a Roma.

Y yo no puedo. No puedo ceder. No puedo ceder a todo este dolor. Quiero mi junio en el Circeo, quiero mi derecho a tratar de reconstruir mi vida, quiero mi derecho a estar sentada frente al mar, sobre los peñascos lisos y pulidos, sin que me duela todo. Quiero mi derecho a decir: rechazo todo lo que ha pasado, rechazo la realidad, rechazo que me haya podido ocurrir a mí. Que me haya ocurrido a mí. No quiero reconciliarme con lo que ha ocurrido. No quiero que haya ocurrido.

Estoy tumbada en la cama, un borbotón más grande, más largo, me llena la compresa. Me vuelvo hacia Andrea. «¿Qué tal?», me pregunta.

Pero ya lo sabe. Si me he vuelto hacia él, es que ya lo sabe.

«Sangre», digo.

Querría echarme a llorar y decirle cuánto miedo tengo. Querría decirle llévame a Roma, llévame al hospital. Pero no puedo. Si finges que no hay sangre por todas partes, no la hay. Digo «sangre» como si le dijese «perdona».

«¿Cuánta?», dice él.

Esta responsabilidad que tengo solo yo, que solo puedo tener yo, la de decir cuánto estoy sangrando, si estoy sangrando *mucho*, me está volviendo loca. Nadie me puede ayudar a saber cuánto estoy sangrando.

«A lo mejor poco», miento. «¿No podemos dormirnos?».

Es junio y yo no duermo desde hace meses, de noche, de día. Muchos meses después, todavía no habré recuperado la facultad de dormir. Me despertaré a la una, a las dos, a las tres, a las cuatro, todas las noches. Nunca dormiré de día. ¿Y si me muero desangrada y no me doy cuenta?

«No lo sé», responde él». «Tú sabrás».

Busca respuestas en mí. Soy la única que sabe *cuánto he sangrado*. Si es mucho. («No se bromea con la sangre», me ha dicho mi ginecólogo, «aguanta lo que puedas. Pero, si no dejas de sangrar, ve enseguida al ambulatorio»). ¿Cuánto es *mucha sangre*? Entonces pienso en que, cuando alguien se corta por casualidad y la hemorragia no para, enseguida se piensa en ir al hospital. Si pienso en eso, sangro mucho desde hace muchos meses. Febrero, marzo, abril, mayo, junio. Me atiborro de un antihemorrágico. Se llama Tranex 500, tomo seis comprimidos al día. El máximo. A veces, a escondidas, tomo hasta tres o cuatro comprimidos más. En ampollas es mejor, lo sé, surte efecto antes: se bebe y enseguida circula. Pero las ampollas son de cristal y se me parten en las manos, porque cuando las abro estoy temblando. Me tiembla todo el cuerpo, de la cabeza a los pies, como si fuese epiléptica, como si estuviese bailando. En el hospital me dicen que no se puede tomar Tranex durante tantos meses, que es muy peligroso.

Diccionario. Palabra: «peligro». Opuesto: «seguridad». Pero para mí no es así. En estos meses, a la palabra «peligro» he aprendido a darle otro antónimo: «supervivencia». Entre peligro y supervivencia, solo puedo elegir supervivencia. Día tras día, hora tras hora. Ni siquiera pienso en todos los peligros que corro. No puedo pensar en ellos. A la sangre le importan un bledo los fármacos que tomo. A mi sangre todo le importa un bledo. Brota.

«¿Cuánto has sangrado?», me pregunta.

«No lo sé», respondo.

«¿Qué quieres decir? ¿Regresamos a Roma?».

Tengo que tomar yo la decisión. Nadie lo puede hacer por mí, y no porque no quieran. Es que nadie está en mi cuerpo. Estamos aquí, en el Circeo, porque yo lo he querido. Porque yo lo he pedido. Querría un medidor que me dijese cuántos centilitros de sangre estoy perdiendo, cuántos litros, y que me dijese que va bien así. Que eso es tolerable.

Pero, si Andrea me pregunta si regresamos a Roma, solo puedo responderle que no. Roma significa reconocer que todo eso está pasando. Roma significa ambulatorio y una operación ineluctable, y muy arriesgada.

«No», le digo.

«¿Segura?».

«Segura».

El corazón me está partiendo el esternón. Me duele todo. Las piernas, los brazos, la espalda, la barriga, la cabeza, y me siento tan débil, tan pero tan débil. Mi hemoglobina no hace más que bajar desde hace meses, y lo hace a pesar del hierro, el ácido fólico, la vitamina B, la vitamina D, a pesar de las transfusiones, a pesar de los antihemorrágicos. Ya no puedo subir una cuesta. Dar un paseo. Voy jadeando incluso del dormitorio al baño. Solo con que levante unos zapatos, el corazón me empieza a latir a mil.

«¿Puedes quedarte un rato despierto?», pregunto.

La mente me dice estás loca, ve corriendo a Roma, ve corriendo al ambulatorio, y mientras sangro más con tan solo respirar. Alzo la sábana, y con terror me bajo un poco las bragas. No quiero mirar, pero tengo que hacerlo. Nadie puede hacerlo por mí. Me miro las bragas. Están rojas. Rojo intenso. Incluso con cuatro compresas para incontinencia urinaria, una encima de la otra, las sábanas se manchan. Tengo que ponerme pantalones cortos y una toalla alrededor del cuerpo para dormir. De todas formas, no voy a dormir.

«Sí», dice. «¿Estás segura de que no nos tenemos que ir?».

Es una pregunta de locos. Nadie se encerraría en el pico de la montaña del Circeo, sin wifi, sin teléfono, sin poder comunicarse, a una hora y media de Roma, adonde solo se puede llegar por la carretera Pontina, oscura y en mal estado. Nadie. Nosotros sí. Yo sí.

Estamos locos. Yo siempre he estado loca; Andrea, nunca. Pero ahora mi locura lo está contagiando.

«Sí», digo.

«De acuerdo».

Somos dos locos, y poco después cierro los ojos, y él cierra los ojos y apaga la luz. Los monstruos siempre han llegado a mi cabeza. Pero ahora ya ni siquiera son monstruos. Son organismos sólidos hechos de sangre gelatinosa, cubitos de sangre que siento salir de mí. Y yo no quiero que sea sangre, eso que sale de mí. No puede ser verdad. No es verdad.

Cerramos los ojos y somos dos locos, y es solo suerte si me duermo y me despierto un millón de veces, aquella noche del Circeo, mientras el rumor del mar, que siempre he amado, se vuelve cada vez más amenazador; es solo suerte si no duermo un instante más. Es solo suerte si en esos meses, febrero, marzo, abril, mayo, junio de 2021, no duermo un instante más. Ese instante en el que moriré anegada en mi rojísima sangre.

DOS

Esta historia comienza cuando por fin me decido.

Nunca he pensado en los dos niños que aborté.

También ahora que hago sin parar la cuenta —son cinco, y no puedo dejar de pensar que son cinco los niños que ya no tengo—, también ahora que cada vez que estoy sola con mi pareja querría decirle que tendría que haberlos protegido, cuidado, querido, eso es lo que un padre hace, eso es lo que una madre hace, tendría que haberlos protegido de las rodillas arañadas, de los dolores del primer diente, de los cólicos, de las primeras peleas con otros niños, tendría que haberlos protegido del frío, tendría que haberlos protegido del calor, llevarlos a la playa solo a primera hora de la mañana o al atardecer, ponerles crema de protección solar, enseñarles que el mar es bueno, es un amigo, que los perros son buenos (pero tendría que haberlos protegido también de los perros, explicarles que no son juguetes, que cuando te acercas a un perro primero tienes que ponerle la mano debajo del hocico, con la palma abierta, para demostrarle que no quieres hacerle daño, hacer que te huela, fijarte en la cara de ese perro, fijarte en cómo mueve el rabo, si se pone tenso, no todos los perros son iguales y no a todos los perros les gusta que los acaricien), enseñarles la tierra donde nací y esperar que la amasen, tendría que haberles explicado este es el abuelo, esta es la abuela (demasiado doloroso pensar en la cara de felicidad que habrían puesto mis padres si les hubiese dicho estoy embarazada, estoy embarazada, estoy embarazada, estoy embarazada, estoy embarazada, cinco veces, y en cambio no se lo dije ni siquiera una), tendría que haberlos protegido del miedo a la oscuridad, del miedo a la muerte, del miedo a que yo muriese, del miedo a que sus padres muriesen, tendría que haberles explicado lo que mi padre me explicó a mí cuando tenía miedo a la vida eterna que nos enseñaban en la iglesia (yo no los hubiera llevado a la iglesia, así que a lo mejor habrían tenido miedo a la muerte, pero la vida eterna y la muerte son la misma cosa), tendría que haberles dicho, como me dijo mi padre, que mientras alguien nos recuerda no morimos, y cuánto me consolaron aquellas palabras, las recuerdo aún, y cuánto consolarían a mis hijos las palabras del abuelo, dichas por mi boca mientras como una buena madre los arropo. Incluso ahora que creo que soy una madre terrible, porque en vez de protegerlos he formado parte de aquello que mató a mis hijos, nunca pienso en esos dos primeros niños que aborté.

O mejor dicho, nunca pensaba en ellos.

Nunca pensaba porque era algo demasiado tremendo para hacerlo, porque no quería que fuese el fruto, en el presente, de todo el daño que había causado o sufrido en el pasado. No pensaba porque no quiero darles un nombre a esos niños que nunca tuve. Porque no quiero saber cuántos años tendrían ahora, cada uno. Porque no quiero un lugar donde ir a recordarlos. No pensaba porque cuando otros —amigos, conocidos, colegas— me hablaban de otro aborto, mi propia historia, solo mía, la tenía en la punta de la lengua. Habría querido decir: yo sé. Comprendo. Yo decidí abortar. No una vez, dos. La tenía en la punta de la lengua y estaba a punto de contarla. Pero luego no podía. Si entregas a otra persona una parte tan grande de ti, ¿cómo te proteges? Si entregas tus cosas más profundas a alguien, después hacen más daño. Porque a partir de ese momento existen.

Nunca pensaba en ellos.

No creía ser una persona que no cuenta nada de sí misma. Nunca he creído ser así. Ahora sé que soy así. Que tengo una barrera en la cabeza donde están ocultas todas las cosas que realmente hacen mucho daño. Esas cosas no se las quiero contar a nadie. No quiero pensar en ellas. Y quiero que no hayan existido nunca. Y, si no las cuento, no existen.

Y además, incluso en los raros momentos en los que querría contarlas, ¿cómo podría hacerlo? Mis amigos más íntimos, aquellos a los que consideramos familia, no saben nada. ¿Cómo podría, conociéndolos desde hace décadas, decirles ahora que hay algo importante que nunca les he contado?

¿Cómo me mirarían? Pensarían: ¿por qué no me habías dicho algo así?

¿Y yo qué respondería?

Revelar los secretos dolorosos impregna y rompe la intimidad de una velada amable en la que nos contamos el día con una copa de vino en la mano.

¿Cómo se consigue luego cambiar de tema y hablar del trabajo, de nuestras historias de amor, de nuestras historias de sexo, de nuestros miedos, de nuestras alegrías, si yo os arrojo un dolor semejante?

Me aburre afligirme. Lo detesto.

Nunca se lo he contado a nadie. Solo lo saben los padres de esos niños.

Estaba todo eso, es cierto. Y además estaba la vergüenza. Cuando iba a los ginecólogos para las revisiones, me preguntaban: ¿embarazos previos?

No.

¿Abortos?

Y yo, segura: no.

Cuando iba a otros médicos, me preguntaban: ¿operaciones previas?

No.

¿Alguna vez te han puesto anestesia general?

No.

No se miente a los médicos, me dice siempre Andrea. Para qué vas al médico, para qué le pagas si luego le cuentas una mentira.

Siempre miento a los médicos.

Aquello de la racionalidad, eso en lo que crees y que defiendes con claridad –nadie que aborta es nunca un monstruo–, una fuerte voz de tu interior te lo rebate y grita. Eres un monstruo, y no quieres que nadie sepa que lo eres.

Una interrupción voluntaria del embarazo es un derecho, me lo ha enseñado mi madre. Pero a esa madre no puedo decirle que he ejercido ese derecho.

Sé que es un derecho, y lo creo como si fuese una fe. Sin embargo, cuando ocurrió todo lo que ocurrió, e incluso desde mucho antes, cuando por fin me decidí y empecé a intentar durante años tener un hijo, que no llegaba nunca, el recuerdo de aquellos dos niños se volvió constante. Esa tragedia, no pude más que concluir, me la había merecido.

En los momentos de dolor buscas siempre un porqué. ¿Por qué

ha pasado todo lo que ha pasado?, pregunté. Porque no se juega con la vida, me respondió una voz ancestral, una voz de pensamiento mágico. Rechazaste dos vidas. Y fuiste castigada por ello. Otras tres vidas te las quitaron, todas juntas, porque no te las merecías. No mereces ser madre.

No pude sino responder: tenéis razón.

Y entonces ¿por qué lo estoy contando ahora?

Yo que nunca cuento nada.

Lo estoy contando porque en mi cabeza no hay nada más. Solo este rojo.

En la Navidad de 2020 fuimos a la casa de mi amiga Giulia. Nochebuena juntos, ella, su pareja Roberto, sus dos hijos pequeños. En ese momento, yo creía que tenía dos gemelos dentro de mí.

En todo aquel día no me sentí feliz. Observaba aquello en lo que iba a convertirme —observaba a Giulia, a Roberto, a sus hijos—, y tenía terror. Yo no lo sé hacer, pensaba. Yo no lo puedo hacer.

Y entonces, después, cuando ocurrió todo, la voz mágica me dijo: también por eso te lo has merecido. Porque, en vez de tener sueños felices de madres e hijos y abrazos y lactancias y cochecitos, tenías pesadillas en las que perdías tu trabajo. Decías: yo, dar el pecho, no. No puedo, tengo que estar activa, tengo que poder trabajar.

¿Por qué por la mañana te despertabas y estabas asustada? ¿Por qué te aterrorizaba no poder escribir? ¿Por qué no eras feliz?

También por eso, tú, por tu incapacidad de ser una madre alegre, también por eso te lo has merecido.

Esa Nochebuena, Andrea, mi pareja, está abriendo ostras en la cocina con Roberto. Hay revuelo y comprendemos que está pasando algo. Andrea se ha cortado, hay sangre, mucha sangre. Tratan de ocultármelo, porque estoy embarazada y no debo asustarme. Pero yo voy a la cocina y veo la sangre, y veo a Andrea con un pañuelo apretado en la mano.

«¿Quieres ir al hospital?», le dice Roberto.

«No», dice Andrea.

Esperamos, preocupados, a ver si deja de sangrar. Poco después, ya no sangra. Ellos comen ostras —no es cierto, aquí también miento, pero, si estoy escribiendo, no puedo mentir: yo también como ostras— y juntos cantamos los temas de Navidad. Yo no renuncio a una o dos copas de vino, porque nunca he sido una buena madre ni tampoco lo soy ahora. Todo me desagrada, y Giulia ríe. «Es normal», dice, «¡estás embarazada!». Está muy contenta por mí.

Estoy muy asustada. Me parece que los demás están detrás de una capa de plexiglás y que viven y ríen y cantan mientras que yo estoy aquí, con mis tetas doloridas, con mis náuseas y con los olores que percibo demasiado fuertes. No tengo sueño. Nunca estoy cansada. Nunca duermo esas siestas fatales de las encantadoras mujeres embarazadas. Me rebelo contra ser madre. ¿Por qué, si es lo que he querido durante años?

Giulia está emocionada, y me ha acompañado a lo largo de todo este camino, desde que Andrea y yo decidimos tener un niño, hace cuatro años y lo intentamos de todas las maneras posibles. Giulia ha estado conmigo a lo largo de este camino, mucho más que Andrea. Mucho más que cualquier otro. Ella es la primera persona a la que le conté que el test era positivo, no a Andrea. A mi familia nunca se lo conté —a mi padre, a mi madre, a mi hermana—. No han sabido que estuve embarazada. Tampoco después. Para ellos, todo lo que pasó nunca pasó.

Cantamos, bailamos, la herida de Andrea ha dejado de sangrar, es una Navidad desgarradora, horrible y cegadora. Si pienso que ha pasado casi un año desde que no soportaba los sabores ni los olores que siempre me habían encantado, que falta muy poco para la Navidad de 2021, cuando tendría que haber sido madre, cuando me habían asegurado que sería madre, si pienso en que todo lo que fue ya no es, ¿qué hago? ¿Qué puedo hacer?

Cuando Andrea se corta abriendo ostras, todos creemos que pierde mucha sangre. Si hubiese sabido en ese momento lo muy a menudo que íbamos a vernos tú y yo, mi querida sangre. Cuánto habría aumentado el umbral del *mucha sangre*, todos los días, en los meses que siguieron. Pensándolo bien, habría cogido de los hombros a esa idiota a la que esa noche de Navidad le daba miedo ser madre, querría cogerla por los hombros a esa idiota cobarde, estamparla contra la pared sin ningún miramiento por su embarazo, y decirle: «Fíjate, coño, fíjate bien en qué momento estás». Deja de tener miedo y mira dónde coño estás.

Odio a esa yo gorda e ingrata. La detesto. Ojalá se hubiera muerto.

Habría sido un año precioso.

Giulia me escribe un correo en noviembre de 2020, el día siguiente a mi tercera transferencia de embriones. Me resisto ya a ser madre, doy un paseo de veinte kilómetros con algunos de mis mejores amigos a los que no les he contado nada. Doy este paseo porque, me digo, llevo años intentándolo de manera natural y no lo consigo, ya lo he intentado dos veces con la reproducción asistida y no lo he conseguido. Esta es la tercera vez y no puedo albergar ninguna esperanza. Además, la decepción es demasiado grande. Doy un paseo y digo: si tiene que ser, será. Pero es mi yo racional el que habla. Mi yo auténtico, mi yo que no escucha nunca a nadie salvo sus voces, dice: lo conseguirás, tienes que conseguirlo por fuerza.

Giulia me escribe un correo: «Será un año precioso. Tu novela irá bien y tendrás a tu hijo. Estoy segura». Miro ese mensaje a escondidas en el rato que hemos parado para comer después del paseo, mientras estoy en el baño meando. No te lo creas, me repito. No albergues ninguna esperanza. Sin embargo —no tanto ese día como en los imposibles meses siguientes—, aprendí que la esperanza es como cuando miras mucho rato el sol. Primero hay luz, luego esa luz es excesiva y te abrasas la retina; todo se torna oscuridad. La esperanza es una mancha en los ojos por haber mirado el sol, se vuelve cada vez más grande, hace mella en todo y se lo lleva todo. He aprendido que la esperanza, cuando es desmedida, se vuelve certeza. Que no es verde ni tampoco amarilla. La esperanza es negra, porque te destruye. Una de las voces de mi interior se torna demasiado fuerte, se sobrepone a las demás, dice: «No cabe que no lo consigas». En agosto nacerá necesariamente tu hijo. Será Leo, sol, mar, a lo mejor nace el mismo día que nació Elsa Morante, el 18 de agosto, pero espero que sea mucho más feliz que ella. Así que a lo mejor nace el mismo día que nació su padre, el 6 de agosto. Sacará de él la serenidad y la alegría. ¿De mí qué puede sacar? No lo sé, y me prometo que seré una madre risueña, y su punto de referencia. Eso es lo que más deseo de todo: que mi hijo encuentre en mí seguridad. La ansiedad que me caracteriza me la tragaré por este niño. No debe saber nunca quién soy en realidad.

¿Lo conseguiré?

Ahora, mientras escribo, ¿miento si digo que uno de los motivos por los que he aplazado tanto mi decisión de tener un hijo es el miedo a no ser capaz de revelarme ante él?

El miedo a no ser capaz de hacer mi trabajo. El miedo a no saber esconder quién soy realmente. Cada motivo que he tenido en todos estos años para no traer al mundo a mi hijo, lo maldigo.

Antes de que ocurriese, siempre me la imaginé niña. Después, cuando ocurrió, me convencí de que era un niño. Y, en cambio, eran tres niñas. Tres pequeñas que, en la ecografía de la duodécima semana, estaban felices en mi interior. Una estaba tumbada sobre la espalda, parecía que tenía las piernas cruzadas y que miraba hacia el cielo. Parecía Huck Finn con una hoja de hierba en la boca. Otra dormía acurrucada, serena («Esa ha salido a ti», le dije a Andrea). Otra bailaba y se movía como una loca. «Esa ha salido a ti», dijo Andrea. «Se mueve sin parar, y está siempre nerviosa. Como tú».

Como yo.

Y, de hecho, son mis hijas. Y yo soy la madre.

Realmente no sé si quiero escribir este libro. No sé si lo sé hacer. Le leo unas páginas a Andrea, pero le exijo demasiado. Andrea es director y guionista de cine; todo lo que escribo, antes de mandarlo al mundo, se lo doy a leer a él. Andrea es inteligente, talentoso y severo. Si dice que lo que escribo no está bien, es que no está bien. Sin embargo, ahora, cuando le leo unas pocas páginas, por primera vez desde que estamos juntos no sabe qué decirme. Esta vez exijo demasiado de él. Él también estaba dentro de esta infinita sangre.

Y aunque Andrea nunca habla del dolor ni lo demuestra, veo que también está sufriendo. Esta también es su historia. No es solo la historia de una madre. Es también la de un padre. Soy egoísta si creo que soy la protagonista de este dolor.

Le leo las pocas páginas, se las tengo que leer en voz alta, escucha, me dice:

«¿Sabes que si escribes este libro todo será dificilísimo? Cuando salga tendrás que estar meses contando esta historia».

«¿Entonces? ¿Qué hago? ¿Renuncio? ¿No tiene sentido escribirlo?», pregunto.

Está preparando salsa para la pasta. Roja oscura.

«Oye», insisto. «Respóndeme, por favor».

«Creo que tienes que escribirlo» dice, casi en voz baja. «Creo que está bien».

«Pero no me puedes ayudar a comprender qué estoy escribiendo». Menea la cabeza, lo siente: no.

«Creo que debes hacerlo», dice. «Pero ¿te ves capaz de dedicar un año a recordar todo lo que pasó?».

No consigo contener las lágrimas, pero me escondo, porque no soporto que nadie me vea llorar, y, sobre todo, no soporto llorar, y querría decirle: cuando el libro se publique, todo será diferente. Estoy escribiendo no con una esperanza, sino con la absurda convicción de dar un final feliz a este libro. No puedo creer que vaya a acabar mal. No lo creo. Todavía hoy, después de todo lo que pasó.

Pero es otro pensamiento mágico. Una absurda convicción. Y he aprendido que la esperanza es violenta.

No digo nada. Hago lo que hago siempre, me pongo a inventar bromas, a hablar de chorradas divertidas. A bailar. A molestarlo mientras cocina. Me arrepiento de haber llorado, aunque haya sido solo un instante.

No quería ser así.

Siempre me ha gustado la sangre. La sangre de las heridas, de las rodillas que te pelas correteando por el patio de casa, de los peñascos en los que te arañas cuando te lanzas un poco mal o cuando te tiras al mar desde un sitio complicado, la sangre de ciertos pactos de sangre de cuando eres adolescente y en los que crees con toda tu alma, mi sangre en las jeringas de los análisis de sangre. Siempre me ha gustado porque hacía que me sintiera valiente.

Mis primeras reglas las tuve a los catorce años, y cuánto me gustó que el cuerpo chorrease sangre, siempre me parecía que era muy poca, y cuánto me gustaba hacer el amor cuando tenía la sangre de la regla, todo me parecía que era más líquido, más peligroso, más fuerte, me parecía que el sexo era mucho más bonito en medio de toda aquella sangre.

Pero, después, esa sangre de la regla, desde hace cinco años, la he odiado.

Siempre me había dicho que no iba a ser una mujer así. Una mujer que odia la sangre de la regla porque demuestra su fracaso. Cuando por fin me decidí a tener un hijo, con casi treinta y ocho años —ay, ay, ay, oigo las voces de mi hermana y de algunas mujeres que conozco, ¿por qué te has decidido tan tarde?, y también oigo las voces de las otras mujeres que me decían nooo, eres joven, tienes mucho tiempo por delante, y a ellas también las odio—, cuando intenté quedarme embarazada con despreocupación, hice muchas veces el amor cuando me apetecía segura de que así es como se tienen los hijos (porque las demás los tienen de ese modo) y no lo conseguí, cuando después empecé a calcular los días fértiles, a ir al ginecólogo cada mes para controlar la ovulación —y el sexo se vuelve odioso, un fármaco que hay que tomar al menos una vez cada dos días durante al menos una semana, amargo—, y así tampoco lo conseguí. Cuando Andrea y yo nos hicimos todos los análisis habidos y por haber, y no había nada que estuviese mal, así que no había nada que hubiese que corregir. Infertilidad *sine causa*. Cuando pasé por el proceso de la reproducción asistida, y un dios quiso que el día de mi primera revisión tuviese que ser a principios de marzo de 2020 —la primera semana del confinamiento— y que, al cabo de un par de semanas, en el policlínico de Roma, me tocó hacer la punción ovárica sin anestesia porque todos los anestesistas estaban ocupados con el covid (te lo has merecido), esa sangre la odié.

No quería convertirme en una mujer así. Siempre me dije que eso no iba a pasar.

Lo que eres, sin duda, lo eliges tú. Lo que te ocurre, con frecuencia, no. Para saber quién vas a ser realmente, has de esperar que el futuro llegue. Solo cuando el futuro llegue sabrás si eres una decepción para ti. Si eres justo quien esperabas no ser. Yo lo he sido.

Una mujer que no abandona el pensamiento fijo de tener un hijo. Una mujer que mira a las mujeres embarazadas con envidia. (Sé sincera cuando escribes). De acuerdo, soy sincera. Las miro con odio.

¿Y si estás hablando solo contigo misma?, me pregunto. Un libro, para ser un libro, no puede hablar solo contigo. Tiene que ser de todos. ¿Cómo puedo saber si estoy hablando solo conmigo?

Un libro es algo serio. No puedes escribirlo para desahogarte. No puedes escribirlo porque te sirve a ti.

Y lo que ocurrió me lo merecí también porque, mientras busco el valor de escribir todo esto, me pregunto: ¿será un libro? ¿Será un buen libro?

Me lo merecí porque, incluso ahora, en vez de pensar solo en lo que ocurrió, estoy pensando en la escritura. Incluso ahora, cuando tres niñas se han ido.

Pero estoy postergando el momento del recuerdo.

Para escribir este libro, tengo que abrir puertas que no quiero volver a abrir nunca.

Me da miedo mirar esos recuerdos. Sobre todo los felices. En los felices, querría no volver a pensar nunca más.

(«Es hora de pasar página», me dijo no hace mucho tiempo una persona, pasar página, encima eso, siempre algo que tiene que ver con los libros. «Venga, lo volvéis a intentar», me escribió otra persona mientras estaba en el hospital y acababa de perderlo todo. Si con la telepatía se pudiese matar, tú, que me escribiste ese correo, habrías muerto en el acto).

Resumen (por favor, en el resumen sé sincera).

Siempre dije que iba a tener cinco hijos. Lo digo y lo creo desde que tengo memoria. Siempre me dije: eso sí, en el momento adecuado. Me encantan las familias numerosas.

Con dieciocho años me quedo embarazada. Este no es el libro apropiado para contar el motivo, pero elijo abortar. Con veinte, me vuelvo a quedar embarazada. Este libro no es el libro apropiado para contar por qué ese otro hijo tampoco se convirtió en mi hijo.

Con treinta años, Andrea y yo empezamos a salir. Con él, la idea de tener un hijo se vuelve real: es lo que deseo. Trato de convencerlo largo tiempo. Me dice que sí, pero «con calma». Ese «con calma» nunca se transforma en un «ahora». No puedo echarle toda la culpa a él (si pudiese, lo haría). En aquel momento, yo necesitaba un respaldo. Deseo con toda mi alma un hijo, pero la idea me aterroriza. Necesitaba un hombre que me cogiese románticamente entre los brazos, me mirase con ojos brillantes y me dijese: ¿buscamos un niño? A Andrea, en cambio, hay que convencerlo. Yo no tengo fuerzas para convencerlo, porque me tengo que convencer a mí misma. Esos ojos brillantes y románticos, por otro lado, si Andrea fuese un personaje de ficción, serían incoherentes con su personaje. Al cabo, sometido durante años a mis presiones, Andrea, de mala gana, consintió. Y en ese momento, rápida, intervengo yo: está a punto de salir mi tercera novela. Me da miedo que un embarazo pueda perjudicar al libro y digo: «No es el momento».

No es el momento durante bastante tiempo, para él o para mí. Una noche lo miro y le digo: «Si no lo buscamos ahora, ya no lo buscaremos. Solo tienes que saber si lo quieres. Si no lo quieres, me veré obligada, lamentándolo mucho, a dejarte» (también me horrorizaba convertirme en ese tipo de mujer, y he acabado convirtiéndome en ella). Acopio todo el valor que tengo. Él no está convencido, pero pone todo de su parte. Empezamos a intentarlo.

Lo he contado. No lo conseguimos haciendo el amor cuando nos apetecía. No lo conseguimos con los distintos calculadores de ovulación que marcan el momento en el que eres fértil. No lo conseguimos yendo –yo– al ginecólogo cada mes para controlar el periodo fértil y haciendo el amor –como por prescripción médica– cada dos días, los que las páginas web y las aplicaciones sobre fertilidad (descargué cuatro diferentes) indican con simpatía como «los días apropiados». Cada mes, siete-diez días, lo obligo a cumplir sus deberes conyugales. Ya no aguanta más. Si él no aguanta, cómo estaré yo. Encima, igual que él, tengo que hacer el amor cuando debo y no cuando quiero (al principio es divertido, poco después creo que ambos preferiríamos cualquier otra cosa en el mundo); pero también tengo que decirle tímidamente a Andrea: oye, ya toca… Le pido con falsa alegría que él también se acuerde de los días. Al menos así jugamos. Nunca los recuerda. Por otro lado, también es humillante. En cualquier caso, no sirve de nada. Lo intentamos con la reproducción asistida.

No tenemos ni idea del lío en el que nos estamos metiendo. Andrea lo está haciendo más por mí que por nosotros o por sí mismo (vaya, otro tópico que me habría gustado evitar). Así que yo lo hago todo. Análisis, conteo de los días, revisiones, informarse, estudiar, buscar, encontrar. Cuando se hace un seminograma, llevo yo su esperma al laboratorio. Me da miedo que, si le pido aunque solo sea un mínimo esfuerzo, un mínimo compromiso, me diga basta, ya no lo quiero.

La primera reproducción asistida la intentamos en el policlínico Umberto I. La reproducción asistida significa un millón de análisis, un millón de revisiones —en este caso, en el hospital—, un millón de fármacos, por la boca, por vía vaginal, y pinchazos. Y significa hormonas continuas y una calidad de vida un diez por ciento peor (en ese momento me parecía un ochenta por ciento, pero no sabía qué iba a ocurrir después). Significa una punción ovárica, esto es, en el momento adecuado, extraer el semen del hombre (que, en la práctica, se hace una paja en el baño del hospital) y los óvulos de la mujer (que, después de haberse inflado de hormonas, va al quirófano para que le extraigan los folículos). Es una operación que se hace con anestesia total o parcial. Yo, nada. Es marzo de 2020, empieza la primera cuarentena, nadie sabe aún nada sobre el covid, a mí me aterroriza ir al hospital y contagiarme. Me parece lo más absurdo que se puede hacer, ir a un hospital. Ni siquiera son obligatorias las mascarillas. Las dan dentro, y dentro no puede entrar nadie, no puede acompañarte nadie. Y no solo eso. Ya lo he dicho: no hay anestesistas libres debido a la emergencia. «¿Quieres esperar y hacerlo dentro de unos meses?», me preguntan. Pero yo soy de las que, cuando quieren algo, no pueden dejarlo para después. Hago la punción ovárica sin anestesia. «Mereces quedarte embarazada después de todo este dolor», me dice una enfermera llorando. Y yo pienso: «Coño, ¿por qué relacionáis siempre la palabra "maternidad" con sacrificio y dolor?». También por eso, a lo mejor, a lo mejor, me merecí no quedarme embarazada. Porque esa figura de madre dolorosa que se inmola por los hijos y desaparece como ser humano no la puedo soportar.

Después de la punción ovárica, en el laboratorio, los médicos unen los óvulos de la mujer a los espermatozoides del hombre. Hay varios niveles y varios métodos, según la edad. En marzo de 2020 yo ya tengo cuarenta años y medio. Eligen el nivel máximo, fecundar los embriones *in vitro* y ver cuáles llegan al quinto día y se convierten en blastocistos. Sobreviven dos. Implantan los dos, porque en el Umberto I no hay criopreservación (esto es, no se pueden conservar los blastocistos para usarlos en otro momento). Siguen otros fármacos, y no dudo de que estoy embarazada (feliz inocencia). En todo este proceso, antes y después, mil veces, durante todas las torturas, me morderé la lengua para no decirle a Andrea: a mí me torturan y tú solo te has hecho una paja en el baño. Espero quince días eternos para saber si, como se dice en jerga, los embriones se han implantado (tengo un velado terror de que se implanten los dos, juro y perjuro que, si me quedo embarazada de gemelos, me muero, me mato, me suicido, me arrojo desde el balcón —también por eso serás castigada—, pero los médicos me aseguran que eso no pasará —después sabré que eso que dicen los médicos no tiene sentido—). Espero los quince días sintiendo que estoy embarazada. Giulia, la única que sabe, me dice: no comas embutido, no comas nada picante, lava las verduras con bicarbonato. Estamos convencidas de que estoy embarazada. Me dedico a estudiar en internet los más minúsculos síntomas del embarazo. Con Andrea nunca hablo del tema. No tengo idea del momento en que ocurrirá todo, no tener que lavar las verduras con bicarbonato me desgarrará el corazón. Gestos pequeños, como este, te horadan el cerebro, te enloquecen. Al decimoquinto día me hago un análisis de sangre, la beta hCG (en jerga, beta —coincidirás conmigo, mundo, en que he aprendido muchas cosas—). Voy al laboratorio de análisis con el corazón a punto de estallar (sola). Hoy, ese camino de mi casa al laboratorio lo detesto. Cuando entro, no me da por llorar. Querría tener una bomba para que todos vuelen por los aires. En ese momento, lo único que me interesa es que ese niño exista. Mientras estoy en una reunión online, mientras el mundo está confinado, me llega el correo del laboratorio con los resultados. Cero. Nada. He de seguir con la reunión. No recuerdo nada de esa reunión. Acaba. Apago. Le digo a Andrea: «No estoy embarazada». «¿Cómo que no estás embarazada?», dice él, y no da crédito. Pero no es con él con quien lloro. Lloro con mi ginecólogo, el doctor S., y sobre todo lloro con Giulia. Este mundo que se viene abajo solo lo puedo compartir con ella. Pero ni siquiera puedo verla. Estamos confinadas. Lloro por teléfono. Sospecho que Andrea no está tan desesperado como yo. No, eso es seguro. En realidad sospecho que Andrea no está ni disgustado. Lo odio.

No le cuento nada a nadie. Ni siquiera a la gente que más quiero. A los amigos más auténticos que tengo.

Lo que hice en marzo es el último ciclo de reproducción asistida antes del cierre total por el confinamiento. Siguen meses en los que, confinada en casa como todo el mundo, enloquezco. Tengo que esperar a que se reactiven los protocolos, mientras los días pasan y me doy cuenta demasiado tarde de que se me ha pasado el tiempo, el tiempo, el tiempo. Me dicen que las posibilidades de quedarme encinta, incluso con la reproducción asistida, a mi edad, son de menos del quince o veinte por ciento. Para algunos médicos, solo del diez.

En cuanto se reabren los protocolos, el 20 de abril de 2020, empiezo de nuevo. Entretanto, todo ha cambiado. Busqué noticias por todas partes –sola; Andrea no buscó nada–, y encontré una clínica concertada en otra ciudad, en Y. Los de la clínica hacen las revisiones también en Roma, pero las punciones ováricas y las transferencias de embriones se hacen en Y. Después de haberle preguntado a la médica de referencia de la clínica, le aseguro a Andrea que el único esfuerzo que le pido es que me acompañe a Y. el día de la punción ovárica. Hago todas las búsquedas sola. Voy a la clínica siempre sola. Lo hago todo sola.

No escribo para culpabilizar a Andrea; esto es un resumen, no me puedo extender. Empiezo de nuevo el tratamiento hormonal, infinito, caro. Las revisiones, infinitas, caras. Los análisis de sangre, infinitos, caros. Me despierto al amanecer con una jaqueca que no se me quita y voy a la clínica romana de la ginecóloga de Y. para hacer las revisiones. Espero varias horas mi turno, primero para los análisis de sangre en un laboratorio concertado con la clínica, luego para las revisiones con la ginecóloga. Me quedo fuera del laboratorio, pasando frío a las siete de la mañana, en una cola. Con el covid no se puede esperar dentro del laboratorio. Me quedo en las escaleras, delante de la entrada de la consulta de la ginecóloga, de pie o sentada en los escalones. Con el covid no pueden entrar en la consulta más de cuatro personas. Somos muchas. Nos intercambiamos nuestras experiencias. Soy una de las mayores. Me siento mayor. Y estoy muy cansada.

Vuelvo a casa y estoy nerviosa, furibunda con Andrea, que no debe de estar sufriendo por nada de todo esto −pero no se lo digo, porque me da miedo que responda: pues basta−. Furibunda con Andrea, que aparenta no ver nada de lo que está pasando.

Lo hago todo. Los fármacos, los análisis, los pinchazos. Puedo sufrir hiperestimulación. Me hacen la punción ovárica, pero no me pueden hacer la transferencia de embriones. A lo mejor, dentro de un par de meses o más. Tengo que volver a tener la regla, tengo que tomar la píldora, tengo que esperar más. «Estoy esperando» cambia de significado. No estoy embarazada, no estoy esperando un hijo. Estoy esperando hacer algo que tiene un diez por ciento de probabilidades de éxito. Cuando me dicen que no puedo hacer la transferencia de embriones inmediatamente después de la punción ovárica, sino que debo esperar meses −y de paso que ya soy mayor para tener un hijo, y que cada vez me hago más vieja−, querría irme a casa y volcar la mesa. Partir el sofá con un hacha. Que Andrea me abrazara. En cambio, tomo la píldora para «resetear los ovarios».

La regla debería volver a tenerla en junio. No la tengo en junio ni en julio. Es un verano de espera infinita. Odio la palabra «espera». Siempre la he odiado y ahora la odio aún más. En junio, Andrea acepta un trabajo de dirección largo y difícil. A partir de ese momento desaparece. El trabajo lo absorbe un montón de horas al día. Cuando regresa está nervioso y cansado. Pierdo todo contacto con él y hablo solo con Giulia. Luego también Giulia se va de vacaciones. Y yo misma, primero a una casa en la Toscana —sin Andrea—, luego a Sperlonga, cerca de ese Circeo de donde, en aquel momento, no podía imaginarme que tendré que huir, por la carretera Pontina, de noche, confiando en no morir desangrada, casi un año después. En ese agosto de 2020 paso un mes en Sperlonga con cuatro amigos muy queridos. Andrea viene a vernos el fin de semana o poco más. A mis cuatro queridos amigos no les cuento nada. No saben nada.

Tomo hormonas, pastillas, medicamentos. Por fin tengo la regla. El 11 de agosto. He de empezar la terapia para ayudar a los ovarios y el endometrio a que se preparen para la implantación. A partir del 18, tengo que comenzar con las revisiones para saber cuándo podré hacer la transferencia de embriones en Y. Por supuesto, en Sperlonga, a mediados de agosto, una pequeña ciudad costera en la que me habría encantado perderme en la alegría de la espera, no hay laboratorios abiertos para hacer las ecografías. Pero es imprescindible que me haga ya las revisiones, de lo contrario tendré que esperar a la próxima regla. Y ya no puedo esperar más.

El día en que me viene la regla, estoy todo el tiempo llamando a los centros de diagnóstico ecográfico de la zona. Llamo, pregunto, al final imploro. La ginecóloga del centro de Y. me dice que renuncie, que lo intente en el próximo ciclo. Por segunda vez, me dicen: ¿quieres saltarte el proceso? No quiero y no puedo. En la playa estoy todo el día llamando por teléfono. Le pregunto a Andrea —que ese día está en casa, porque es 15 de agosto—: «¿Me ayudas?». No me ayuda, lee el último libro de Stephen King. Ni siquiera me enfado. No puedo gastar energías. Tengo que seguir concentrada. Cuando el sol está a punto de ponerse, él ha terminado el libro y yo he encontrado a un ecografista en Terracina, a media hora-cuarenta minutos de donde estoy. Es un desconocido. Estaba de vacaciones, pero le supliqué. Sé suplicar a los médicos.

El 18 de agosto a las ocho de la mañana comienzo la primera revisión. Andrea no viene conmigo. Tiene sueño. Luego regresa a Roma porque tiene que continuar el rodaje. Me invento para mis amigos una versión sobre el supuesto motivo por el cual, ya cuatro veces, en días alternos, me despierto al amanecer y voy a Terracina. Miento bien. Siempre he sabido mentir. A menudo, en mi vida, me he preguntado cómo puede la gente creerse las chorradas que invento. A lo mejor prefieren no saber la verdad, a lo mejor sí que tengo ese talento. No soy una mentirosa compulsiva. Todo lo contrario. Me invento mentiras, incluso grandes mentiras, solo cuando pongo delante de los demás un parapeto y no quiero mirar, no quiero compartir. Lo hago desde que tengo memoria.

Me embuto hormonas, inyecciones, óvulos, píldoras de progesterona. Mi teléfono está lleno de alarmas: yo, que soy la encarnación del desorden, no puedo cometer el menor error. Tomo Folidex 400 microgramos, Deltacortene 5 mg, Selepartina inyecciones 0,3 ml, Progynova comprimidos 2 mg (una por la mañana, una con la comida, una por la noche), parches Estraderm 50 mg (dos cada cuarenta y ocho horas). Tengo diez alarmas en el teléfono. Paso todo el día con mis amigos. Cada vez que suena una alarma, ellos están. A veces consigo tomar los fármacos antes de que suene la alarma, otras —muy a menudo— suena delante de ellos. «¿Por qué te suena una alarma a las dos de la tarde?». Se ríen. «Nada, me he equivocado», digo. «¿Por qué te suena una alarma a medianoche?». Nos reímos porque soy rara, siempre he sido rara, y una rareza más o menos viene a ser casi lo mismo. Sin embargo, un día, Emilio, mientras cenamos y la alarma suena a medianoche, me dice, inocente: «Pero ¿por qué te suenan tantas alarmas?». Yo me paso la vida avergonzada, me pongo óvulos en los baños de la playa, me inyecto en los baños de los restaurantes. A veces las inyecciones hay que prepararlas: botella de agua, polvos para solución oral. En los servicios de un bar es incómodo, no está limpio, y me aterroriza equivocarme. Pero ¿qué puedo hacer? Emilio está esperando una respuesta graciosa. No he preparado una justificación —por qué será, puesto que tengo excusas, respuestas para todo—, farfullo un «estoy siguiendo un tratamiento ginecológico», así sé que no va a seguir preguntando. ¿Por qué no he inventado una excusa?

No he inventado una excusa porque espero poder decir algún día por qué tenía tantas alarmas. Por una vez, quiero ser algo sincera. No quiero mentir. Solo tengo que guardarme este secreto el mayor tiempo posible.

Tomo los fármacos. Me pongo las inyecciones. Hago las revisiones. Los resultados se los envío a la médica de la clínica de Y. Por fin recibo el visto bueno. El 31 de agosto tengo que estar en Y. para la implantación. Por supuesto, Andrea no irá conmigo. Tengo tres blastocistos. Me preguntan si quiero que me implanten uno o dos. Me aconsejan que sea uno, porque el embarazo de gemelos puede ser muy peligroso. En Y. hay criopreservación. Si elijo que me implanten uno, los dos que restan podré usarlos después. Podré intentarlo de nuevo si todo sale mal.

Querría hablarlo con Andrea, pero él no ha estado pendiente de nada, no ha estudiado nada, no tiene, como yo, la cabeza llena de todo esto desde octubre de 2019 —momento en el que fui a la primera charla sobre reproducción asistida en el Umberto I—: «Bueno, hagamos lo que nos digan». Yo de golpe me cabreo. No es menos grave ni más grave que las otras veces, pero ahora ya no me contengo. Me cabreo como no me había cabreado hasta ahora (y no porque no lo odie, sino porque necesito tenerlo a mi lado, no me cabreo porque no me conviene cabrearme; me convierto en una estratega, en una matemática, en una calculadora como la que nunca he sido). Esta vez sí. Esta vez sí me cabreo en serio. Le echo en cara su total ausencia. Eso sí, solo con un mensaje. Luego no le digo nada más, tengo que permanecer concentrada. Acuerdo con la clínica la implantación de un embrión, como me han aconsejado ellos.

El 30 de agosto regreso a Roma, al atardecer. En el coche, mis mejores amigos, que no saben nada y yo. Les he contado que al día siguiente tengo que ir a Y. para un tema médico. Me he inventado una mentira que ya ni siquiera recuerdo, y que ellos se creen.

A la mañana siguiente cojo el tren para Y. al amanecer. Parece que ha llegado de golpe el invierno. Hace un frío espantoso. Hay covid. ¿En qué fase de la cuarentena estamos? No lo recuerdo. Es el momento en que, desde mediados de agosto, los contagios vuelven a aumentar. En Y. no se puede entrar en un bar, en un restaurante, en ninguna parte. Solo se puede encargar comida. No quiero comer, solo me gustaría sentarme. Tengo frío, sopla viento y llueve. Cojo el tranvía que me lleva a la clínica de Y. Hay covid. Espero en la calle, pasando frío. Todas las mujeres están con sus novios o maridos. Trato de no pensar en eso. Tengo que permanecer concentrada. Hago la transferencia de embriones, que me hace mucho daño —tengo el cuello uterino estrecho, me duele hasta esta operación que no debería doler—. Mientras me operan me dicen: «Mira cómo corre el blastocisto por tu cuerpo, es emocionante». Para mí no tiene nada de emocionante. No quiero mirar. No quiero tener esperanza. Esta es solo una operación mecánica. No me emociono.

Cojo de nuevo el tranvía y estoy cansada, y tengo esta cosa dentro en la que no quiero pensar salvo como «cosa». Llego a la estación una hora antes de la salida del tren a Roma. Hay covid y tengo frío. Todo está prohibido. Me siento en la calle, en una acera. Y espero. En teoría, eso también está prohibido.

Pausa.

En los últimos tres años hasta este momento, hasta este 31 de agosto helado, he trabajado en mi nueva novela. Nunca he creído que hubiera una conexión entre la historia de una mujer atrapada en una casa con dos hijos a los que ya no quiere y todo lo que estoy haciendo para quedarme embarazada. En realidad nunca lo he creído. En realidad no. Durante el verano de 2020 en Sperlonga, busco el título de la novela y la cubierta. El libro saldrá en enero de 2021. Nunca he creído que los libros sean hijos, hoy lo creo todavía menos. La sola idea me repugna. Los libros no son hijos, en absoluto. Pero toda mi vida ha girado siempre alrededor de los libros. De modo que me debato entre estas dos esperas. La de la novela que está a punto de salir, todo el trabajo que ha supuesto escribirla, reescribirla, editarla, buscar el título, la cubierta, preparar el lanzamiento, y esta otra espera, la de quedarme embarazada. Me ilusiona tremendamente quedarme embarazada; me ilusiona tremendamente que este libro sea muy hermoso, que tenga éxito, que sea muy bien acogido.

Esto es un resumen, pero tengo que aclarar algo. He de hacerlo por sinceridad. No tuve un hijo antes, cuando aún estaba a tiempo, porque no habría podido trabajar —y me aterrorizaba no poder trabajar— si hubiese tenido un hijo. Nadie te ayuda a ser una mujer ambiciosa y una mujer que quiere ser madre al mismo tiempo. La primera vez que me quedé embarazada, da igual lo que me empeñe en creer, realmente aborté porque quería ser escritora. Y también la segunda vez.

Comienzan de nuevo los días de espera. Entretanto, editamos el libro, preparamos el lanzamiento, trabajamos sobre el título y la cubierta, y me divido en dos. Una es la que trabaja, otra es la que mira obsesivamente todas las páginas web sobre embarazo.

Tengo una boda en Procida. Andrea me dará alcance más tarde, porque tiene que trabajar. Pasan los días. Hago la prueba de embarazo. No le cuento nada a la ginecóloga del centro de Y. No le cuento nada a Andrea. Se lo cuento todo a Giulia. Le mando las fotos de la varilla. «¿Te parece positivo?», pregunto (no es un buen test, es una tirita que parece un papel tornasol, hay que descubrir si realmente hay una rayita roja o si te la imaginas). Giulia me dice: «¡Sí! ¡Estás embarazada!». Yo no sé si la veo, si la foto está mal hecha; llega el día de los análisis de sangre y tengo que irme a Procida. Los resultados todavía no han llegado. En el ferry, entre amigos y conocidos que no saben nada, me llega el mail con la respuesta. En vez de la palabra «negativo», esta vez hay un número al lado de las betas: 76. Lo compruebo y comprendo que es poco, pero la ginecóloga del centro de Y., Giulia y yo decimos que vale, lo haremos. No le cuento nada a Andrea mientras estoy estallando.

No le cuento nada cuando llega —sabía que tenía que recoger los resultados, varias veces me ha pedido noticias, pero sin mucha convicción—, no le cuento nada hasta la noche, cuando regresamos al hotel. No sé cómo ha podido esperar hasta ese momento para preguntar. Creo que lo ha intuido, si no, solo le habría dicho: no. No sé cómo ha hecho para respetar mis «espera, luego te cuento». Por un lado estoy pasmada; por otro, enfadada. Le importa un carajo: es lo que siempre he creído. Y luego me digo: a ti no te debe importar un carajo que a él no le importe un carajo.

Esa noche le digo el resultado, también le digo que tenemos que esperar porque las betas están muy bajas. Podría tratarse de un pequeño positivo, algo que no tiene tiempo de formarse y se acaba. Lo digo, pero no lo pienso. Trato de no estallar de alegría. Él me sonríe. «Dime algo, ¿estás contento?». Pero, si fuese el personaje de una novela, no sería propio del personaje de Andrea decir mucho más. Puedo preguntárselo todas las veces que quiera.

A la mañana siguiente, sin embargo, en la boda no se aparta de mi lado.

Por la tarde, con los amigos que están con nosotros, nos bañamos en ese mar azul muy oscuro, profundísimo, de Procida. Un baño increíble. Le digo a esa cosa que está dentro de mí: mira, esto es el mar.

Dos días después, en el tren de vuelta, siento que falta algo. No sé si es una sensación física, mental, o solo una coincidencia. En el ferry y luego en el tren, con mis amigos, hablo del calor que hacía, de lo rica que estaba la pasta con almejas, de los invitados simpáticos y antipáticos, y escucho hablar de lo bonito que era el traje de la novia y de los invitados simpáticos y antipáticos, pero en realidad solo siento una cosa: que todo ha acabado. Esa noche me vuelvo a hacer el test. La raya ya casi no se ve. Al día siguiente rehago las betas. Han disminuido. Disminuirán hasta desaparecer. Ojalá desapareciera yo también.

Todo desde el principio.

Esperar a tener la regla.

Análisis, fármacos, revisiones, todo. Todo desde el principio.

Los meses pasan.

La salida de la novela se acerca.

Hemos encontrado el título. Hemos encontrado la cubierta.

Me encantan. El título. La cubierta.

Ahora, mientras escribo, estoy tratando de fijarme en aquellos meses. No veo nada. No recuerdo nada. Ahora, mientras escribo, dejo de escribir y miro las fotos en mi móvil. Me dirán algo de lo que hice mientras esperaba que en mi vida, por fin, pasase algo; en esos dos frentes que ya no van a despegarse. Trato de recordarme trabajando en el libro. Trato de recordarme haciendo los análisis, las revisiones y lo demás. Y que hago alguna otra cosa. Seguramente.

Miro las fotos. No me dicen nada.

Andrea trabaja todo el tiempo, todo el día. Yo me dedico a la salida del libro y espero. Que se publique mi novela. Que viva mi hijo.

Estoy emocionada, esperanzada, electrizada, desmoralizada, decepcionada, electrizada, cansada, llena de hormonas y de fármacos, llena de pinchazos, emocionada, esperanzada, electrizada, desesperada; mentirosa.

En noviembre regreso a Y. para la implantación. Poco antes, me habían llamado para preguntarme cuántos blastos (así los llaman, de manera cariñosa, «blasto» en vez de blastocisto, «eco» en vez de ecografía; me adaptaré, yo también hablaré así), quiero que me implanten los dos que me quedan. Me gustaría que me implantasen los dos, pues estoy a punto de cumplir cuarenta y un años, y dos intentos han ido mal. Pero me han aterrorizado con la posibilidad del embarazo de gemelos, y no sé si puedo hacerlo. Pido consejo. Uno de los ginecólogos del centro Y. me dice: «La decisión es tuya, pero comprendo que quieras intentarlo con dos. Si no apuestas, no ganas», me dice. «Pero esa es mi opinión personal, ¿vale?». Hablo con Andrea los pocos ratos que nos vemos. Discutimos mucho en esos meses. Discutí con él desvergonzadamente. Sin pensar en la posibilidad de que diga basta, no lo tengamos. Discutimos tanto que por primera vez en seis años una noche le dije: no vuelvas a dormir aquí. Dijo: «De acuerdo, intentemos con dos».

Voy de nuevo a Y. Voy de nuevo sola.

Pero esta vez no es un final de agosto con un viento gélido que te hace papilla los huesos. Esta vez, aunque con mascarilla, me siento en la sala de espera. Y mientras espero mi turno, me llama la jefa de redacción de la editorial donde, en enero, publicaré la novela. Estamos a punto de terminar las galeradas definitivas del libro, las que mandarán a la imprenta. Me pregunta si tengo tiempo para mirar las últimas dudas. Instintivamente me sale decir: llámame más tarde. Pero luego comprendo que no quiero eso. En la soledad de esa sala de espera pintada de rosa, cojo los cascos, abro el ordenador y susurro: «Estoy en la sala de espera de un médico, pero, si te apetece, podemos empezar». Ella responde que puede esperar, no hay prisa.

Aun así, yo quiero trabajar en mi novela. No quiero esperar aquí, sola y asustada. No es propio de mí estar sola y asustada. Esa llamada no la olvidaré nunca. Ahora, mientras escribo, esa llamada la tengo grabada en la mente. Ella explicándome detenidamente sus últimas dudas. Yo respondiendo, y el tiempo en esa habitación no solo transcurre más rápido, sino que además es un tiempo muy suave. Me estoy ocupando de algo, que es lo único para lo que valgo. Me estoy ocupando del libro, y lo estoy haciendo por alguien que puede nacer de mí. Permanezco en la sala de espera ya no sé cuánto tiempo. Conseguimos terminar nuestra labor. Poco después me llaman. «¿Estás lista?». Estoy lista. No tenéis ni idea desde hace cuánto tiempo lo estoy.

Pausa.

Entre otras cosas, mi nueva novela es también la historia de una madre que tampoco sabe si quiere ser madre. Una madre abrumada por la soledad, que está siempre metida en casa con sus dos hijas pequeñas, sin poder hacer otra cosa. A veces odia a esas niñas.

Cuando la escribí temía que pareciese falsa. Además, no era madre. No tenía ni idea de que, una vez escrita, en cada presentación me preguntarían: ¿tienes hijos? Y que en cada ocasión respondería en un estado de ánimo diferente.

La primera vez que la leí, una de las personas que trabajaba en la editorial me dijo: «No sé cómo has podido escribir sobre maternidad si no tienes hijos. O a lo mejor los tienes y no me lo dices», y se rio, «o no quieres tenerlos por nada del mundo», y se rio de nuevo. Yo me he reído, la de veces que me habré reído mientras me rompía por dentro, en esos meses, en ese año —ya hace casi un año— en el que presenté el libro. Me reía y creo que decía que no, claro que no, que no quería tener hijos.

Entretanto, poco antes de mi cumpleaños —el 20 de noviembre—, se lo dije a mi amiga Ada. Pasábamos la noche juntas, solas, y, en un momento dado, no sé cómo ocurrió, ya no pude guardármelo más. Le conté todo por lo que había pasado hasta ese momento. Ella se conmovió y yo también lloré. «¿Por qué no me lo has dicho antes? Siento no haber estado a tu lado». Pero yo no podía contarle nada a nadie. Sin embargo, ahora se lo he contado a ella. A partir de este momento, lo sabe.

Cada vez que se lo cuento a alguien —solo lo sabemos muy pocos, Andrea, yo, Giulia y, ahora, Ada—, me parece que pierdo fuerzas. También forma parte de mi barrera.

Detesto ir a psicólogos —en toda esta historia nunca iré a ninguno, y eso que es lo que me aconsejaban muchos, amigos, médicos, incluso en el hospital—. Detesto ir a psicólogos y siempre lo he detestado, porque hacen que me sienta enferma. Solo con estar delante de un psicólogo, ya empiezo a desafiarlo. A ponerme nerviosa. No me incluía entre los que piensan que lo que no se nombra no existe. He comprobado que lo pienso. No quiero nombrar nada que me haga daño. Ningún pasado. Ningún presente. Ningún futuro. Hasta ahora no le había contado a nadie lo que estaba haciendo, no porque me hiciera sufrir —en este momento, mi principal y tonta sensación sigue siendo la esperanza—, sino por otro pensamiento mágico. «Si lo cuentas, no ocurrirá». Y además porque me imaginaba —cuánto me lo he imaginado, cuánto me lo estoy imaginando también ahora—, me imaginaba y me imagino obsesivamente el día en que podré llamar a una amiga y decirle: mira, ya está. Una de esas llamadas que me han hecho tantas veces, en mis casi cuarenta y dos años. «Quería contarte algo, Toni», y la voz de la mujer que me llama ya ríe, y la voz de la mujer que me llama ya lo dice todo, y no hace falta que me diga nada más, porque ya lo sé. «Quería contarte algo, Toni. Estoy embarazada». Esa llamada. Esa. Llevo una infinidad de tiempo imaginándome que la hago yo.

Siempre que le cuento a alguien qué estoy intentando hacer, me parece que pierdo fuerzas. Pero esta vez, cuando se lo cuento a Ada, lo hago porque creo que estoy a punto de conseguirlo. Que esa llamada está muy cerca. Y que es muy agradable esperar que ocurra, a tu lado.

El día de la transferencia de embriones en Y., el 24 de noviembre, invito a un amigo a cenar (nos da igual el toque de queda, estamos mal de la cabeza). Cumple cuarenta años. Está pasando una mala etapa. Andrea y yo cenamos con él y con su compañera para darle un poco de ánimos. Yo estoy con mi amigo, pero también en otro lugar.

Acabo de volver a casa desde Y. Si hay algo en mi interior, lo cuido así. Con esta cena.

Al día siguiente subo al monte Mario, una caminata de casi veinte kilómetros. Mi amiga Giulia me había dicho: «Oye, pasear está bien, pero no te canses». Yo no pretendía escalar el monte Mario, pero luego subo. Subo esos veinte kilómetros y estoy triunfal, satisfecha, ni siquiera sé por qué lo hago. ¿Porque estoy llena de una ingenua confianza? ¿En qué? ¿En quién? ¿O porque no soy una buena madre y no sé proteger a mis hijos? ¿O porque nunca he madurado y sigo haciendo que mi vida dé vueltas, siempre, alrededor de un desafío? (Por otro lado, ¿a quién estoy desafiando ahora?). Hice un montón de tonterías –feas, simpáticas– en mi adolescencia, y las sigo haciendo. Una voz me dice: pero ¡es peligroso! O bien: ¡no se hace! Finjo pensar, luego respondo: qué coño me importa, claro que se hace.

«Buenos días, doctor, ayer me hice de nuevo las beta. Son 6.682. (He transferido dos blastocistos, confío en que haya arraigado uno, y bien…). Del centro me dicen que prosiga el tratamiento y que rehaga las betas dentro de entre cinco y siete días. ¿Usted qué opina?».

El teléfono en el que tengo los primeros mensajes donde las beta, por fin, son positivas, y en un número altísimo −algo así como setecientas− lo he perdido.

De esos mensajes no hay rastro.

No hay rastro de cuando me hice, a escondidas, los test de embarazo; a escondidas de todos salvo de Giulia, de cuando le envié el primer resultado a Giulia, ni de cuando se lo mandé a la doctora del centro de Y., o a mi ginecólogo de Roma, el doctor S.

Hay un salto en los mensajes, que pasan de la última vez que salió todo mal al 15 de diciembre, cuando escribo este mensaje a mi ginecólogo de Roma −mi verdadero ginecólogo, que será un padre, un médico, y también tendrá los altibajos de un padre, así como los altibajos de un médico−. No hay respuesta a ese mensaje. Porque él me llama. Me llama enseguida y está encantado porque ha estado a mi lado durante todos estos años de búsqueda. Y está emocionado, y esa voz feliz es estupenda para mí.

(¿Estás segura de que puedes leer esos mensajes? ¿Estás segura de que eres capaz de hacerlo, de que te atreves a abrir la carpeta del horror en la que guardas todos los análisis, los estudios médicos, los informes de todo lo que pasó? ¿Estás segura de que puedes abrir esa puerta? Mientras escribo, ahora, Andrea está a mi lado. Está trabajando. No le he dicho que sigo escribiendo este libro. Me encantaría darle a leer estas páginas, pero he recaído en el mutismo).

En los días en los que mis betas aumentan, se duplican, se cuadru-
plican (solo tengo que ir a la página web del laboratorio para des-
cargar de nuevo los informes con el número exacto de las primeras
beta, ¿lo hago? No, no lo hago, y, de hecho, antes he escrito «algo así
como setecientas» para no mirar los informes, pero me atrevo o no
me atrevo a escribir este libro. Así que, vale, dejo pasar un día o dos,
voy a la página de los informes, pulso. Los descarga directamente.
Los miro —8 de diciembre, valores beta 258; 10 de diciembre, 764;
14 de diciembre, 6.682—, una voz me dice, déjalo, no escribas este
libro, para qué tanto dolor, pero no puedo parar, elimino enseguida
las carpetas de los informes, abre la carpeta Descargas, elimina, elimina, elimina), en los días en los que mis beta aumentan, Andrea
está rodando. Si cabe, lo veo aún menos que antes. Estoy encantada
con estas beta, pero a la vez aterrorizada. Sé que he transferido dos
embriones. Sé que en el centro de Y. me han explicado de todas las
maneras posibles que un embarazo de gemelos es muy peligroso. Sé
también, con certeza, que no quiero gemelos. Ni siquiera soy capaz
de imaginarme que tengo gemelos (te lo has merecido). Y así, con
estas beta que se lanzan hacia las estrellas en diciembre, hace frío,
tengo náuseas, y a Andrea no quiero decirle nada porque me da
miedo que se asuste, mi duda (¿podrían ser dos?) me la guardo.

Es más, no, mi duda se la cuento a Giulia. Se la cuento una y
otra vez a Giulia. Ella se carcajea, «Anda, eso es absurdo», me dice,
y miramos en el teléfono las beta en su primer y su segundo embarazo, en su primer, en su segundo y en su tercer análisis. Giulia es
paciente y me apoya, Giulia no suele ser paciente, pero durante
todos estos meses siempre lo ha sido, le estoy dando la enorme responsabilidad de ser mi punto de referencia en esta historia, y ella la
ha aceptado. Nunca le cuento a Andrea mis dudas, mis temores por
el trabajo —siempre me aterroriza que me diga: pues si tienes miedo,

ya no hay nada que hacer–, es a Giulia a quien le cuento mis pesadillas –la novela, los gemelos–, es a Giulia a la que le mando fotos y mensajes y capturas de pantalla. Ella está.

La duda me agarrota. ¿Qué haría con mi trabajo en el caso de que fuesen gemelos? Mis padres viven lejos, la madre de Andrea siempre está ocupada. No tenemos dinero para pagar a una niñera. Andrea, cuando prepara una película y luego cuando está en el plató, prácticamente desaparece. ¿Qué haríamos si fuesen dos? ¿Qué pasaría con mi trabajo y, en consecuencia, conmigo?

Tengo, sin embargo, que ser del todo sincera. El trabajo es mi mayor preocupación. Cosa que quizá podría parecer comprensible. Aunque también tengo otra: los viajes. Me encanta viajar. Es lo que más me gusta después de escribir. ¿Cómo podría seguir viajando si fuesen gemelos? ¿Incluso si fuese un solo niño? (Por esos pensamientos gilipollas y egoístas, te lo has merecido).

Hoy, noviembre de 2021, casi un año después, la yo vacía encadenaría a la yo madre de hace un año. Pero ¿cómo puedes no darte cuenta de que eres la más afortunada del mundo, Antonella? O mejor, Toni, como me llamo a mí misma. Coño, le diría (y le temblaría la voz, a la yo débil e inútil de hoy), coño, disfruta de estos momentos. Porque cuando hayan pasado tendrás que luchar como nunca hasta ahora para no volverte loca. Y eso que no te han faltado momentos en los que has temido enloquecer de verdad. Pero nunca habías conocido una sensación de desesperación así.

En los días de los que no queda rastro porque perdí el móvil, empiezo a tener náuseas. Pero no me siento cansada, nunca me siento cansada durante todo el embarazo. No me siento cansada pero sí aterrorizada. Y luego, pues eso, perdí el móvil. Y paso ese día mientras Andrea no es ni una sombra, es solo un nombre lejano, como alguien al que no ves desde hace décadas y ya no recuerdas.

Paso ese día yendo de un sitio a otro, a pie, a todas partes —no puedo usar el ciclomotor desde que tengo la implantación, y después, cuando esto acaba, gastaré cientos de euros en taxis, porque ese ciclomotor que me traicionó, como todo lo demás, ese ciclomotor que hoy puedo usar todas las veces que quiero es el símbolo de todo lo que perdí, y ese ciclomotor no quiero volver a verlo—, ¿por qué tengo que comprar otro móvil y estas betas son tan altas y a Giulia le sigo diciendo y si fuesen gemelos?, y Giulia dice ojalá que no, y yo digo ojalá que no, luego me dice también con gemelos se puede estar bien, y yo digo no, anda, gemelos, que no, no se puede estar bien, estás loca, me imagino escenarios —los escenarios por los que he empezado demasiado tarde a buscar un hijo, los escenarios que son una imagen concreta, mi trabajo como si fuese un edificio construido con esfuerzo, año tras año, que de repente estalla y se hace añicos, yo en casa todo el día mientras los demás ganan premios Nobel, premios interestelares y se van a la Luna—, me imagino escenarios de destrucción y me siento en la escalera del portal de mi casa, hace frío, es diciembre, anochece, está todo oscuro, Andrea no reacciona a la noticia de que el embarazo ha arraigado (es demasiado pronto para decir que «estoy embarazada»; esta frase, en efecto, no la diré nunca, porque no tendré tiempo de decirla), estoy sentada en esa jodida escalera, desesperada, le digo a mi amiga si son gemelos yo me largo, huyo, ella responde, riendo: «No puedes huir a ninguna parte, adónde irías, él o ellos están dentro de ti».

Y en ese momento comprendo (he tenido momentos grandiosos de comprensión, seguidos de momentos terribles de no aceptación, seguidos de momentos de maravillosa dicha y plenitud, pero nunca me he sentido en un instante siempre igual, nunca lo he conseguido), en este momento me doy cuenta, veo, por primera vez a este, a estos, uno, dos, dentro de mí, pobrecillos, dando vueltas todo el día, de un lado a otro por la tienda Apple, subiendo y bajando a pie las cinco plantas de mi edificio, con esta madre tonta que tanto los ha buscado y que ahora tiene miedo, comprendo y digo: no puedo huir. Y por primera vez en mi vida la frase «No puedo huir» es una sorpresa espléndida. No solo no puedo huir, sino que no quiero hacerlo. Ahí donde yo voy, va él, ella, o ellos. Están siempre conmigo. En esa escalera, a oscuras o pasando frío, es un descubrimiento increíble.

No puedo huir. Pero, sobre todo: no quiero.

(Entretanto, sigo tomando fármacos, me pinchan, hay que seguir hasta el tercer mes de embarazo; seguiré con las alarmas que tengo puestas desde hace meses, con estas y otras inyecciones. El día que dejen de hacer falta, las silenciaré llorando. Pero no tendré el valor de eliminarlas. Ellas, con su horario preciso, con los nombres de los fármacos que debo tomar y que me deben inyectar. Hasta que un día respiraré hondo y lo borraré todo. Será el momento de la eliminación: aquel en que no querré detenerme ni un solo instante en el gesto de borrar, aquel en que borraré y no daré tiempo a mi cerebro para llorar, para recordar, borraré y me volveré enseguida hacia Andrea –que no ha visto nada– y le preguntaré: «¿Tú sabes por qué a veces hace frío y a veces mucho calor?». «No», dirá él, como siguiéndole el juego a una niña de cinco años. «Yo lo sé: porque hay estaciones. Un caso más resuelto por el inspector Antonio», que soy yo. Y él sonreirá y dirá: «Qué tonta eres». Y yo seré un inspector Antonio radiante, en perfecta forma).

«Buenos días, doctora», este mensaje es para la ginecóloga del centro de Y. que ha llevado mi proceso de inseminación artificial, «le envío mis beta. ¿Están un poco altas o es normal?».

Respuesta: «Esperemos la primera eco para ver si son uno o dos ;-)». Pero ¿por qué este emoticono guiñando un ojo? Si tú me dijiste que si me implantaban dos sería trágico. ¿Por qué coño me guiñas un ojo?

Yo: «¿Pero realmente es tan arriesgado con dos?».

Ella: «Bueno, veremos en la eco. Yo te había aconsejado que te implantaras solo uno».

Pero ¿por qué tiene que hacer ese guiño? ¿Qué tiene de gracioso que yo haya hecho una estupidez? ¿Y tengo que recordarte que el otro médico de tu centro me dio el visto bueno para que me implantara dos?

El mensaje no lo tengo, lo cito de memoria. Puede ser impreciso, pero el sentido es ese. Veo claramente el emoticono guiñando el ojo, lo tengo grabado en la cabeza. Se lo cuento a Giulia, y Giulia dice: «Esa es una gilipollas. ¿Por qué no la mandas a tomar por culo?». Pero yo, en esta historia, no mandaré a tomar por culo a nadie.

No tendré ganas, valor, fuerza para hacerlo. A veces porque estoy muy feliz y me dan igual los ultrajes, otras veces porque estoy demasiado desesperada y me dan igual las ofensas, otras veces porque estoy a merced de los médicos y no puedo mandarlos a tomar por culo, la vida de mis hijas o la mía depende de ellos, otras veces porque estoy destrozada, abrumada por tanta dicha o por tanto dolor, a veces porque no quiero enfadarme mientras estoy embarazada. Tengo miedo de perderlo. Perderla. Perderlas.

Ahora en cambio, mientras escribo, mi odio resplandece con fuerza. Degollaría de una en una a las personas que hicieron que esta historia me resultara todavía más insoportable. No me queda ninguna piedad.

(Cuando haya pasado todo, al principio los que saben tendrán miedo de hablarme de hijos. O cuando alguien que no conoce esta historia me hable de hijos o de embarazo, los que la saben me mirarán preocupados. Andrea tratará de que no vea películas con embarazos e hijos, o con cualquier cosa que pueda recordarme a niños. En cambio, yo diré no, no, hablad, decid, contad, tengo que ver, tengo que escuchar, tengo que tocar. No hace daño, diré. Es mi tratamiento privado de choque. Es mi rechazo privado de lo que ha ocurrido. No sé si hago bien o mal, me parece que les hago bien a los demás dejándolos en libertad para decir lo que quieran. Me parece que me hago bien a mí misma porque no puedo vivir así. Mientras tanto, todo me hace daño. Y con el tiempo, todo el mundo parece olvidar lo que pasó, porque yo nunca hablo de ello. Eso me hace todavía más daño. Que ya nadie me pregunta cómo estás, cuéntame. Sé que lo hacen pensando que es lo mejor para mí: no quieren tocar el tema por miedo a entristecerme. No saben que soy Toni, la que siempre dice chorradas, la que se está riendo siempre, la que siempre desdramatiza, la que siempre gasta bromas sobre lo que pasó; y la que por dentro es un agujero negro.

No lo saben porque yo no quiero que lo sepan. Porque forma parte de mi barrera. Ahora, si tú no muestras tu dolor, ¿cómo puede la gente estar a tu lado?

Diré una cosa. Puede ocurrir que, cuando muestras tu dolor, la gente no esté a tu lado. Yo, para no sentirme decepcionada, callo. Mejor que eso: me río).

Andrea no es insensible como puede parecerlo por lo que estoy escribiendo. Andrea no se conmueve, no se exalta, pero me compra una flor. O cocina algo que me gusta mucho. O está, a lo mejor sin hablar, pero está, en todos mis cambios de humor, en todos mis viajes al infierno. No en todos. En algunos. Muchos ya ni siquiera se los cuento. A veces, que esté no sirve de nada. A veces sí sirve.

Andrea está lo que cree que debe y lo que puede, a su manera, pero en estos meses nunca está. Sin embargo, esta batalla también es suya, y la está luchando como puede. De esta batalla suya, yo no sé nada.

Las aceitunas en aceite ya no las como. Me dan náuseas.

Ya no tomo café.

Ya no como gambas.

Cualquier cosa con apenas una pizca de condimento ya no la como. Me da náuseas.

Siempre he detestado la pizza. Solo como pizza. Comería siempre pizza. Adoro la pizza.

Todos los sabores que antes me gustaban me hacen ir corriendo al baño para vomitar. Con el tiempo, ya no puedo beber vino ni cerveza.

La mayor batalla es con el tabaco. Ni siquiera se lo he preguntado al ginecólogo, porque no soportaría que me dijera que tengo que dejarlo. Tampoco merezco ser madre porque sigo fumando un par de cigarrillos al día. Antes fumaba veinte, de acuerdo. Pero tú sabes, Toni, cuántas mujeres te han dicho: desde el primer día de embarazo lo dejé.

En cambio, yo sigo fumando. Lucho como una loca, pero no consigo fumar menos de dos o tres cigarrillos.

Que estas niñas que tengo aquí dentro me perdonen. Mamá, me dicen. Tú eres como eres. O al revés, estas niñas me odian. Mamá, me dicen, eres la peor madre del mundo. Una egoísta. O bien me mandan a tomar por culo todo el día. Están juntas, una chupando una brizna de hierba, echada de espaldas y mirando el cielo, otra bailando, otra dormitando acurrucada de lado. No lo sé.

Ni siquiera sé que son tres.

Entretanto, no consigo comer casi nada. Pero estoy encantada de tener que salir disparada para vomitar. La sensación de náusea nunca me deja. Estoy encantada de tener que salir disparada para vomitar a escondidas. El único alivio me lo da la Schweppes. Bebo litros de Schweppes, ya casi no bebo alcohol, me preocupa que mis amigos, viendo que de repente he cambiado de hábito, se den cuenta de algo. Me preocupa, pero en realidad querría que pasase.

Cuántas veces en la vida habré querido que alguien desenmascarase mis mayores mentiras.

En cambio, nadie dice nada, mientras la barriga empieza a crecer (porque no hay solo un niño dentro de mí, aunque yo todavía eso no lo sé), las tetas se hinchan («¡Mira qué tetas!», le digo a Andrea. «¿Estás contento?», y él se ríe, sí, está contento, y yo también, porque por fin soy una que tiene tetas grandes que se pueden tocar).

Nadie dice nada. Emilio, uno de los amigos con los que había ido a Sperlonga, uno de los mejores amigos que tengo, a partir de un cierto momento, siempre que voy a su casa a comer o a cenar me dice: «Te he comprado tu Schweppes», con una sonrisa. Lo mismo que antes me decía: «Te he comprado tu cerveza». Cuánto he querido esa Schweppes. Con solo verla, me ponía eufórica. Cuánto he querido a mis amigos, pese a que no sabían nada. Pese a que no les había contado nada.

El ginecólogo de Roma que me cuida como un padre y como un médico, el doctor S., me mima. Me pide que vaya a verlo para hacerme una primera ecografía cuando le escribo que las beta son muy altas. Me dice que muy probablemente se verá solo el saco vitelino —«Al menos podremos ver si son uno o dos»— y nada más. Que es pronto. Pero sabe el tiempo que llevo deseando que llegue este momento. Y me dice: «Yo esperaría para hacer una eco, pero, si quieres, la hacemos».

Hagámosla.

Después, odiaré las ecografías. Ahora, en este diciembre de 2020, las adoro.

Esto no es fácil de escribir.

Falta poco para Navidad, Andrea y yo vamos a ver al doctor S. Es la primera vez, en todos estos años, que Andrea me acompaña a hacer algo que tiene que ver con nuestra «búsqueda de un hijo» (me da asco usar estos términos). Ha caído la tarde. En Prati ya se ha hecho de noche. «¿Y si no hay nada?», le dije a Giulia; «¿Y si no hay nada?», le digo a Andrea. Pero a Andrea no le he dicho que dedico mucho tiempo a informarme en internet sobre el embarazo. Que miro aplicaciones que te cuentan cómo es y qué hace el feto a equis días del embarazo. Foros en los que te explican todo aquello que puede salir mal («todo aquello», me da risa escribir «todo aquello» porque nadie va a tener en cuenta lo que me va a ocurrir a mí). Me aterroriza tener un embarazo extrauterino. Estoy convencida de que lo tendré. Sin motivo. En mi interior, una voz mágica me dice: no tiene sentido que esta cosa tan grande, tan bonita, te esté pasando a ti.

Giulia me dijo: «¡Relájate!». Andrea me dice: «¡Relájate!».

El doctor S. me pide que me tumbe en la camilla en la que me he tumbado un millón de veces para observar mi ovulación. Hay una sombra en mi útero. Él ríe: «Es el saco vitelino». Yo digo: «¿Qué significa?». Él dice: «Que es demasiado pronto para ver el embrión. Pero estás embarazada. Hay solo un saco vitelino. No son gemelos. Es solo uno». Yo digo: «¿Está todo bien?». Él ríe de nuevo, me pide que me vista, dice: «Estás embarazadísima, Antonella. No tengas miedo. Estás embarazadísima. Y recuerda que el embarazo no es una enfermedad».

Estás embarazadísima.

El embarazo no es una enfermedad.

Cuántas veces recordaré estas frases. Pero ahora no es el momento de pensar. Ahora es el momento en que Andrea me aprieta la mano. No me puedo creer que eso sea verdad.

Nos vamos a casa con esa ecografía en la que hay una sombra más oscura: el saco vitelino. Dentro de esa sombra, estoy convencida, está todo lo que nos pasará de ahora en adelante. Es demasiado grande para poder comprenderlo mientras lo estás viviendo.

Pocos días después, durante una llamada de trabajo, apunto unas notas en el reverso del sobre de la ecografía, porque es lo que tengo más a mano. Cuando me doy cuenta, se lo digo a Andrea, riendo. Pienso en todos los padres que conservan como un objeto sagrado todo lo que tiene que ver con su embarazo. Yo misma, en esos meses, lo guardaré todo. Pero poder escribir en el reverso del sobre de mi primera ecografía permite que me sienta realmente madre. Resulta tan agradable. Se lo digo a Andrea, río, él ríe. Luego se marcha al plató. Antes de que se marche, le digo: «¿Estás contento o estás preocupado?». Pero, si Andrea fuese un personaje de ficción, no sería propio de su personaje dar un abrazo con los ojos brillantes. No sé qué siente. Creo que está confundido. Creo que en este momento está apartando la idea, porque es demasiado pronto. Porque todavía puede pasar de todo. Si lo hace porque la idea le encanta o le da pavor, no lo sé. Me inclino por lo segundo. Pero me importa un carajo. Yo-estoy-embarazada. Embarazadísima.

«¡Es uno! ¡Es uno! ¡Es uno!», le grito por teléfono a Giulia. Ella ríe. «Enhorabuena», dice, «estás embarazada, estás embarazada».

«Es la primera vez en mi vida», le digo a Andrea, «que me alegra que un test sea positivo. Las otras dos veces que pasó sabía que iba a tener que abortar. Aquel positivo fue horrible. Inenarrable. Es la primera vez que me alegra». Se lo cuento y me tiembla la voz, pero, si Andrea fuese el personaje de una novela, no sería propio de su personaje abrazarme ahora, y conmoverse.

Las mujeres que no consiguen quedarse embarazadas. Esas pobres mujeres. Mis amigas, parientes o las mujeres de los foros. Las miro de arriba abajo. No me siento afortunada. Me siento superior. Yo soy mejor. Nadie sabe que estoy embarazada. Doy consejos a quien no lo consigue como una reina da migajas a sus súbditos.

Cuando regresamos a casa, le digo a Andrea que veamos juntos *La historia interminable*. De niña la adoraba. No la veo desde hace un montón de tiempo.

Paso la mitad de la película tratando de no conmoverme. Y no porque esté embarazada (tampoco eso me va a pasar, eso que les pasa a otras mujeres embarazadas de tener la lágrima fácil, de conmoverse mirando a los niños; a mí nunca me han encantado los niños, y tampoco me van a encantar ahora). Es una película cruel, desgarradora, llena de fantasía. Quizá ahora aún más hermosa que hace décadas.

Me impacta la frase de Bastian, el niño protagonista, justo antes del final.

«¿Por qué está tan oscuro?», le pregunta Bastian a la Emperatriz justo después de haber salvado Fantasía, cuando todo es tan oscuro y galáctico que parece que nuestros héroes han perdido.

«Al principio siempre está oscuro», responde la Emperatriz.

Me sigues encantando, *Historia interminable*. Esa oscuridad que es el principio, me parece que hablas de mí.

Pregunto enseguida a la editorial si todavía queda tiempo, antes de que se imprima, para incluir otra frase de esta película que adoro entre las citas de la novela.

Hay tiempo. La incluimos. «Pero ¡yo tengo que mantener los pies en el suelo!», grita Bastian entre lágrimas, aunque en realidad no quiere, ni tampoco mi protagonista, ni tampoco yo.

En este mundo tan oscuro en el que todo empieza para mí, la novela se imprime. Es una oscuridad que arde.

El 14 de enero saldrá. Y yo y quien llevo dentro estamos, realmente, todos (aún no sé que somos *todas*) aquí. Esperando esta novela que está a punto de salir.

Cuánto la he deseado. Cuánto he trabajo en ella. Durante todos estos años, en todas las condiciones, cuando me moría de angustia y estaba triste y cuando me moría de alegría y mi cabeza me llevaba a otro lugar, pero yo tenía que seguir ahí. Quería seguir ahí.

Cuando lo intentaba sin ningún tratamiento, hacía cuentas con Giulia: «Si me quedo embarazada ahora y la novela sale el mes equis, ¿qué hago?». Y, después, cuando empecé con la reproducción asistida: «Si sale adelante y nace el mes equis, ¿qué haré con el libro?». Giulia respondía a los millones de correos paranoicos que le mandaba desde la peluquería china de la plaza Vittorio, no sé por qué, en cuanto entraba ahí, mi cabeza se ponía a hacer cuentas (a esa peluquería ya no voy). Tengo estas imágenes claras: es de noche, estoy sentada en el sillón de la peluquería, me está secando el pelo el chico oxigenado que sabe moldearlo muy bien, o el otro, fuerte, que se harta rápido y me lo moldea en dos minutos, mientras en toda la peluquería huele a comida china porque quien trabaja aquí nunca deja de trabajar, tampoco en la comida o en la cena, y la peluquería está siempre abierta, también el domingo, hasta las nueve.

Giulia respondía: «Ahora no puedes hacer cuentas. Verás que, cuando pase, encontrarás la manera. Mantén la calma». Pero yo nunca estaba calmada. Yo, que no tengo la más mínima idea de matemáticas, hacía cuentas sin parar. Cuentas y cuentas inútiles, si lo pienso ahora, cuando sé que tardé años en quedarme embarazada. Cuentas y cuentas inútiles porque después, cualquier cuenta que hubiera podido hacer antes, cuando pasó, pasó todo a la vez. Una bola de fuego disparada a mil millones de kilómetros por hora desde un planeta lejanísimo hasta lo más hondo de mí, hecha de páginas de novela e hijos. Una maravillosa bola de fuego. Que iba a crearlo y a destruirlo todo. Una terrible bola de fuego preciosa.

(Y después, sin embargo, a medida que se acerca la salida del libro, mientras las beta están explosivas, mientras paso los días sola en casa −Andrea está en el plató, en el plató, en el plató−, me hundo en la constante angustia de que estoy traicionando a la editorial *porque* estoy embarazada. La angustia de que ellos trabajan conmigo en esta novela desde hace años, que confían en mí, y que yo no les he dicho que estoy embarazada. La angustia de que, si estoy embarazada, entonces traiciono a quien confía en mí, en mi seriedad como trabajadora. Porque a partir de este momento no se puede separar, nunca más, lo que estoy experimentando por el embarazo y lo que estoy experimentando por la novela. Lo que le está pasando a la novela es lo que le está pasando al embarazo. Tengo pesadillas con el embarazo. Pesadillas en las que los de la editorial me dicen: nos has traicionado. Tengo pesadillas y no se las cuento a Andrea. Se las cuento a Giulia. Se las cuento a Bianca, otra amiga a la que, al final, le dije que estaba embarazada. Porque basta que Bianca diga una palabra, y yo la creo. Bianca trata de tranquilizarme, dice: «Si hubiesen sido dos, de acuerdo, habrías estado en tu derecho de preocuparte. Pero es uno. Y un hijo recién nacido te lo puedes llevar a todas partes, puedes llevártelo a toda la gira de presentaciones».

«¿Sin una niñera?», respondo. «¿Sin un familiar que me acompañe? ¿Sin una canguro?». No tengo dinero dinero dinero para ser la mujer ambiciosa que soy y, además, madre. Siempre lo he sabido. Bianca trata de tranquilizarme, dice: «Después verás que cuando estés ahí, encontrarás las soluciones». Pero ¿qué soluciones? No dejo de tener pesadillas, estoy partida en dos, soy dos personas que luchan. Creo que este hijo lo quiero más que nada. Luego me digo que nacerá en agosto y que tendré que hacer la promoción de la novela embarazada. Que ya nunca me dejará nadie trabajar como lo hago ahora).

No me ayuda en nada escribir este libro.

Me hace recordar todo lo que he querido mantener alejado de mi mente en estos últimos meses; en la parte de mí separada del mundo por una barrera.

Hoy, 4 de noviembre de 2021, por primera vez después de casi un año, he cometido un grave error. He usado un test de ovulación –el test que mide los niveles de LH en la orina, que tendría que indicar el pico de ovulación para tener relaciones con el fin de quedar embarazada– de forma inadecuada. Una de las leyendas de internet es la de que, si el test de ovulación es positivo cuando tienes un retraso en la regla, es que estás embarazada. Tengo un retraso (de un día, y tampoco soy regular). No tengo ningún test de embarazo en casa. Solo tengo el de ovulación. Lo hago. Sale positivo. Me convenzo de que estoy embarazada. De que lo he conseguido de manera natural (tras años de fracasos) gracias al pensamiento mágico, por el cual, cuando ya no tienes ninguna esperanza de quedarte embarazada de manera natural, es el momento en el que te quedas embarazada de manera natural.

El test de ovulación sale positivo, me invento una excusa y me voy corriendo a una farmacia —una farmacia en la que no me conocen, lejos de casa— para comprar un test Clearblue. Uno de esos de última generación, que detectan el embarazo desde seis días antes del primer día de retraso. Uno de esos que tienen un noventa y nueve por ciento de fiabilidad, con pantalla digital en la que aparece el resultado. Lo hago a toda prisa en el servicio de un bar. Me equivoco. El test da error. La señal de error es un librito abierto (lo juro). Voy a una comida de trabajo. Ya no entiendo nada, no me cabe duda de que estoy embarazada. La comida de trabajo termina y regreso a casa. De camino compro otro test. Me encierro en el baño. No me atrevo a enseñarle esta parte tonta de mí a Andrea. El resultado del test tarda una eternidad en salir. NO EMBARAZADA, leo en letras gigantes después de lo que me parece una hora. No lo había vuelto a hacer hasta que no he empezado a escribir este libro. Este libro me hace daño.

No sé si consigo explicarme. La única imagen que evoco es un caballo de carreras esperando en la línea de salida, piafando para empezar a correr. Yo, en los últimos meses desde que pasó todo, estoy aquí, detrás de las líneas de salida. No hay día, no hay hora, en que no piense en esto. Un hijo.

Estoy aquí, parada en la línea de salida, esperando el momento.

Desde que empecé a escribir este libro, en cambio, en la línea de salida se bajaron las barreras y yo estoy corriendo. Siento el viento en las crines y la tierra bajo las patas, y aunque no sé hacia qué estoy corriendo, corro como una loca, como una endemoniada, estoy corriendo, de nuevo, como hace un año, como hace dos años, pienso solo en el final de esta carrera, y ya no paro. Por eso hoy me he hecho el enésimo test de embarazo. Sin ningún sentido. No había vuelto a hacerme ninguno desde diciembre pasado —hace casi un año—. Hoy me he hecho tres, para ser exactos. De forma obsesivo-compulsiva. Como si el resultado pudiese cambiar.

Ha pasado un día desde que escribí que me había hecho los test. Me ha venido la regla. Este libro me influye.

Dejé de tener la regla desde abril de 2021 hasta el 8 de octubre de 2021. Toda esta historia es una historia de sangre. El 7 de octubre empiezo a escribir este libro. El 8 de octubre, después de siete meses, me vino de nuevo la regla.

Lo juro. No estoy inventando nada. Debo ser sincera. Este libro, bien, mal, me influye.

El 23 de diciembre vuelvo donde el doctor S., de seis semanas + 2. He aprendido un montón de cosas hasta ese momento. Entre ellas, cómo llevar la cuenta de un embarazo (que no es una cuenta fácil, sobre todo para mí). Porque en un embarazo no es como en la vida real, donde se puede decir «una decena de días» o «dos meses». Todo hay que decirlo con exactitud. Tienes que ser precisa no solo con las semanas (nunca se dice un mes y medio, por ejemplo, sino seis semanas), también con los días. Estoy de seis semanas + 2. Hoy, además del saco vitelino, debería verse también el embrión. Si es que hay embrión. Si no, es un embarazo extrauterino. Si no, está muerto; dado que los primeros tres meses son en los que se dan las más altas probabilidades de que pueda ocurrir (yo, por supuesto, trato de convencerme de lo peor, pero muy en el fondo estoy segura de que todo será maravilloso).

Entretanto, poco después de la transferencia de embriones, cuando todavía estábamos en las dos semanas de interrupción en las que no se sabía si estaba o no embarazada, Andrea y yo nos compramos por primera vez en nuestra vida un árbol de Navidad. Yo nunca lo había hecho, ni antes de estar con él ni estando con él. Tampoco he puesto adornos navideños en las casas en las que he vivido. No sé si él lo había hecho alguna vez, antes de estar conmigo. Juntos, en cambio, nunca se nos había ocurrido en los seis años que llevamos viviendo juntos. Compramos un árbol pequeño, bajo, pelado, con pocos adornos −bolas navideñas que, de una en una, se van rompiendo casi todas porque nos tropezamos sin parar con él por lo pequeño y bajo que es, y eso nos hace gracia−, y, en la punta, una bailarina espantosa (la elegí yo, siempre quise ser bailarina). No fue una elección consciente. No pensamos, oh, qué bien, hemos hecho la transferencia de embriones, esperamos estar embarazados y ahora montemos un árbol de Navidad. Un sábado de diciembre, por la tarde, Andrea y yo volvíamos a casa. Él me dice: «¿Y si compramos un árbol de Navidad?». O lo digo yo. Delante de la basílica de Santa María la Mayor −lo descubro en ese preciso momento− hay una tienda llena de adornos de Navidad horribles. Recorremos las estanterías enseñándonos mutuamente las fruslerías más feas que vemos. Compramos esas. Yo insistí en comprar ese espantoso árbol de Navidad diminuto con la bailarina colgante, fea como ella sola. Tomamos fotos de ese árbol de Navidad diminuto, ya en casa, una vez que le pusimos los adornos, y se las mandamos a los amigos, que se rieron mucho. Yo insistí en poner las canciones navideñas más empalagosas y banales mientras adornamos el árbol. Si se hace algo, hay que hacerlo bien. En un momento dado, Andrea dice: «Ya vale, basta de espíritu navideño, quita esas canciones, por favor». Y yo me pongo a bailar y canto *Last Christmas* y él me dice: «Pero por qué estás tan tonta», y sonríe.

Es justo Navidad. Quizá por primera vez en mi vida es una Navidad amable. Será por el toque de queda, por la imposibilidad de salir no solo de tu región, sino también de tu municipio, será porque no puedo alimentar de ninguna manera estas ganas de aventura y riesgo que me devoran siempre (en otras Navidades he obligado a Andrea a viajar a lugares cálidos del otro extremo del mundo, espléndidos para mí, agobiantes para él), será que por mucho que quiera no podré ir a México, ni tampoco podré ir a Bari a ver a mis padres, será que por mucho que quiera no puedo organizar nada. Será porque estoy feliz y esperanzada por esta cosa —no quiero llamarla de ninguna otra manera— que puede pasar. Pero yo este año voy a reconciliarme por primera y única vez en mi vida con todos los rituales que tienen que ver con las fiestas navideñas. No lo pienso conscientemente. Estoy aquí, justo aquí, y en ningún otro lugar, yo, que siempre estoy en otro lugar. Que nunca me conformo. Que —como una niña de cinco años, me dice Andrea (pero yo no estoy de acuerdo)— querría en todo momento otra aventura, otra y otra más. Será que esta es mi aventura.

El 23 de diciembre es Navidad en todas partes. El trabajo para el lanzamiento de la novela prosigue. Hoy, un año después, reviso esos mensajes, esos correos electrónicos —yo escribo: «Ojalá sea *nuestro* año» (y pienso en el libro, y pienso en todo lo demás sobre lo que debo callar, sobre lo que he decidido callar)—, los reviso porque tengo que hacerlo, porque he decidido escribir este libro. Si no hubiese tomado esta decisión, nunca los habría vuelto a revisar. Pero no se puede escribir un libro exculpándose. Hay que poder escribirlo sin tener piedad de nadie, tampoco de uno mismo.

El 23 de diciembre es Navidad en todas partes, los correos electrónicos y los mensajes de trabajo de esos días son emocionantes, eufóricos, llenos de ideas. Estoy dividida entre la novela y esta cosa que me está pasando, pero no estoy realmente dividida. Quizá, por primera vez, estoy confundida. Respondo a los correos electrónicos y después voy donde el doctor S.

Prati está inundado de luces navideñas, brillan. Andrea conduce por las calles de Roma hasta el consultorio del doctor S., y a mí me encantaría saber qué piensa, qué siente. Pero, si se lo pregunto, masculla algo que siempre me asusta. Si no lo supiese, jamás diría que está yendo a hacer la ecografía más importante de su vida –o al menos, digamos, una ecografía que puede cambiar toda su vida–. Guardo silencio y a una parte de mí le aterroriza que lo que siempre ha pensado –Andrea será un padre mucho mejor de lo que yo sabré ser como madre– no sea cierto (yo seré una madre desastrosa, y él no quiere ser padre, lo he forzado a serlo), y a otra parte de mí todo le importa un bledo. Lo único que le importa es lo que está pasando ahora. Ahora, un año después, cuando lo escribo, me late con fuerza el corazón. Estoy de nuevo ahí.

Hoy es 24 de noviembre de 2021. Hace un año estaba en Y. para la transferencia de embriones. No escribo desde el 6 de noviembre. No soy capaz. He buscado trabajos frustrantes y mal pagados con tal de poder decirme: no tengo tiempo de concentrarme en este libro. Hoy ya no puedo inventarme nada más. Tengo menos trabajo que hacer, estoy sola en casa todo el día. Esta mañana me he dicho: es el momento indicado para volver a escribir. Ni siquiera me he dado cuenta de que hoy hace un año desde que todo empezó dentro de mí. Son las cuatro de la tarde. Desde las once hasta ahora, no he hecho nada. No he trabajado en nada más, no he hecho ninguna llamada de teléfono, no he comido, no he leído un libro, no he paseado, no he visitado a un amigo. No he hecho nada. He procurado atreverme a escribir de nuevo. He fumado sin parar.

Este libro es una inmersión. En la mayor negrura que he conocido en toda mi vida, pero también en un momento muy hermoso, increíblemente hermoso por todo aquello que me pendía sobre la cabeza, tan estúpidamente hermoso por todo aquello que sabía que podía pasar, pues hace más daño escribir sobre lo bueno que sobre lo malo. Pero es una inmersión también en un tiempo de esperanza. Acordarse de aquello que ocurrió. Pero no sé si quiero acordarme de lo que ocurrió.

Me estoy obligando a escribir, hoy. Si un día consigo acabar de escribir este libro, volveré aquí, a esta página, y diré: fuiste valiente.

Siempre hay que ser valiente para escribir un libro. Hay que ser valiente para muchas cosas. Para escribir un libro, hay que confiar. ¿Cómo puede escribir aún quien ya no confía?

No hay nadie en el consultorio del doctor S. Solo Cinzia, su secretaria, de la que ya me hecho amiga, y el doctor S., que nos recibe con una sonrisa y dice: «Pasad». Fuera está oscuro. Una oscuridad nocturna de antes de Navidad, y por fin es antes de Navidad también para mí. Brillan las luces por doquier.

«Tranquila, Antonella», me dice el doctor S. El doctor S. tiene una voz tan serena. Siempre parece que me comprende más que Andrea.

Andrea se sienta delante de su escritorio. Yo me desnudo y voy al cuarto del ecógrafo. El doctor S. llama a Andrea: «Ven. Mira tú también».

Andrea parece levantarse a regañadientes, está escribiendo algo en el móvil, a regañadientes parece que se sienta a mi lado, a mi derecha. Yo, tumbada en la camilla, con las piernas abiertas. El doctor S. al otro lado, a la izquierda, con el ecógrafo. «Ahora tendría que verse. Quizá también pueda oírse el latido. Pero solo un segundo», dice el doctor S., «porque todavía es pronto».

Estamos ahí en Navidad, de noche, a la hora del aperitivo, en la oscuridad fuera y en esta luz difusa dentro.

El doctor S. lleva la sonda a mi interior. Miro el monitor. El doctor S. le repite a Andrea: «Mira tú también».

Miramos el monitor y dentro hay algo, aunque yo no puedo saber qué es, ni tampoco Andrea. El doctor S. frunce el ceño. «Son dos», dice.

¿Cómo?

Toda la alegría se estrella contra esa pantalla. Gemelos —en la clínica me previnieron contra el embarazo de gemelos—. Gemelos; yo no estoy preparada, no puedo tener gemelos, tengo que trabajar, ¿qué haré con mi trabajo? ¿Qué haré con mi vida? Giulia y Bianca dijeron que con un niño se puede seguir trabajando, que se puede promocionar el libro, pero ¿con dos? También para ellas con dos es imposible. Soy una egoísta y una madre depravada. No estoy feliz, ni un solo instante (leeré en todas partes sobre mujeres encantadas, extasiadas, por embarazos de gemelos; yo no; leeré en todas partes sobre madres que «no me lo esperaba, pero estoy en el séptimo cielo»). Soy una madre depravada, y puede que no sea ni siquiera una madre. He heredado el gen de la no-maternidad. No me entusiasma en absoluto.

Ocurre algo a mi derecha —donde está sentado Andrea, al que yo no veo porque está mirando hacia el otro lado, hacia el monitor—. Ocurre porque el doctor S. le dice: «¿Todo bien, muchacho?».

Me vuelvo hacia Andrea y no recuerdo, hoy no recuerdo cómo lo veo. Qué cara tiene. Recuerdo solo la pregunta del doctor S. y a Andrea diciendo: «¿Cómo, dos?».

Habíamos dicho que era un solo saco gestacional, que era un solo embrión. Descubriré solo después cuáles son los temores del doctor S. Que, sin embargo, dice enseguida: «Ahora escuchemos un momento el latido».

Solo un instante.

Primero un latido. Luego otro. Es una línea del corazón como las escuchas telefónicas de los crímenes que veo constantemente en televisión. Solo un instante. Primero un corazón. Luego otro. Son dos.

Ese latido.

Lo he oído ya dos veces, en las ecografías de los niños que no quise, que aborté. Cuando lo oí en esas situaciones, era un último intento del ginecólogo para convencerme de que no abortara. No estaba bien por su parte, lo sé. Pero ha pasado el tiempo, y no he querido volver a pensar en el asunto. Esta vez, esos latidos. Si hoy, mientras escribo, pienso en estos latidos, lo que quiero es dejar este libro y no escribir nada, nunca más. El latido. Como si fuese un mensaje de E. T.

Nos levantamos de la camilla sobrecogidos, yo me digo que no es justo, que este tendría que ser un momento bonito, la primera vez que oigo el latido de un niño que puedo tener (sé sincera; de acuerdo: que quiero tener), y en cambio no lo es: no quiero tener gemelos. Mi vida está acabada con gemelos. El cielo tenía un color negro azulado precioso y ahora solo está oscuro.

Salimos de la habitación del doctor S. aturdidos. Miró a Andrea, pero no sé qué piensa. El doctor S. le dice a Cinzia, su secretaria: «¡Son dos!». Ella me mira, no sabe qué decir. Andrea va al baño. «Habrá huido por la ventana», dice el doctor S., y por primera vez ríe. Yo también río, pero estoy triste.

No sabe el doctor S., no lo sé yo, qué ocurrirá dentro de pocos minutos.

«Nos vemos dentro de una semana, Antonella», me dice. «Ánimo, también se puede con dos». Luego se pone serio: «No es seguro que lleguen ambos al tercer mes, es muy difícil que ambos sobrevivan».

Cree que me da una mala noticia, pero yo soy una madre de mierda porque pienso: ojalá que solo sobreviva uno. Yo soy la madre más de mierda que hay.

Salimos de ahí con nuestra ecografía de gemelos, me parece que el mundo ha cambiado desde que entramos. Está *torcido*. Está equivocado. Subimos al coche callados. Yo pienso en las cosas más feas del mundo. «¿Qué hacemos?», le digo a Andrea. Creo que está incluso peor que yo. Él se vuelve, me mira y dice: «Es estupendo que sean dos. Podemos con ello. Nos mudamos a una casa más grande. Empleamos todo el dinero que tenemos para cuidar bien a dos niños. Verás que será bonito. Nuestros Abbott y Costello. Solo confiemos en que se parezcan a mí». Y ríe.

Y de golpe este cielo empieza a brillar realmente, y en el camino de vuelta todo es euforia, si Andrea dice que podemos hacerlo, entonces podemos, será precioso, tiene razón. Llegamos a casa caminando por encima del suelo, yo ya estaría muerta, pero él me ha enseñado un camino, me ha insuflado valor, me ha dado alegría. Todo lo contrario de lo que me esperaba que hiciera.

Compro ropa para la Navidad porque estoy feliz (y mientras me la pruebo pienso: ¡mundo! ¡tú no sabes que yo-soy-una-madre!), regresamos a casa y llamo a Giulia y digo riendo: «¡Son dos!». Ella ríe histérica, tiene miedo de que esté a punto de echarme a llorar, pero estoy feliz, Andrea ha dicho que podemos y vamos realmente a poder. Giulia empieza a decir que dos es mejor que uno, crecen juntos, se ayudan mutuamente. Me nombra a todas las personas que conoce que tienen gemelos. No debería hacerse, es demasiado pronto, pero Roberto, la pareja de Giulia, le escribe a Andrea: «¡Coño, qué notición!», muy emocionado, y Andrea ríe, y yo también río y estamos locos. Cuántas veces estaremos locos en esta historia.

A casa llega un regalo navideño: es de mi madre. Contiene suéteres y un collar que me gustan mucho (esos suéteres tengo que ponérmelos también este año, un año después). Llamo a mi madre, le doy las gracias, digo: «¡Qué estupendos regalos!». Ella está feliz, no sabe nada de lo que me pasa, pero yo estoy feliz y ella está feliz y nosotras, que nos cuesta contarnos claramente las cosas, hoy nos comunicamos sin palabras, solo con la alegría. Mamá, pienso, no veo la hora de decirte que vas a ser abuela.

Es la noche más agradable que recuerdo. Es la noche en la que Andrea se convierte en padre.

Ahora, por primera vez: somos cuatro.

Hoy, un año después, escribo este libro. Le pregunto a Andrea: ¿cuál es el momento más bonito que recuerdas de nuestro embarazo? (No digo «embarazo», eso no, nunca diremos palabras así; aún hoy, cuando saco el tema, digo «aquella historia», «esa cosa», «esos meses», nunca digo «embarazo, madre, padre, hijos, embarazada», nada de nada; no puedo; pero en un libro hay que emplear las palabras adecuadas y, por primera vez, tengo que atreverme a usarlas). Él farfulla, dice: «Cuando descubrimos que eran dos».

El peor momento (el que parecía el peor momento) fue en realidad el momento más hermoso. Estábamos drogados por esos gemelos. No es mérito mío. Yo, sin la valentía de Andrea, habría seguido desesperada pensando que eran dos. Fue por su valentía. Fue él quien me convirtió en madre.

Unos días después voy a que me hagan las fotos para la novela que está a punto de salir. Un gran amigo nuestro me lleva a un hotel del centro de Roma para la sesión. Todas las que aparecerán en internet y en la prensa me las he hecho con los que creía que eran gemelos en la barriga. Pienso: ¿estaré gorda? ¿Estaré fea? Hace ya tiempo que vomito cada dos segundos. Mi amigo me hace reír mientras me fotografían, me ayuda a sentirme cómoda. Es una mañana estupenda, con este libro que está a punto de salir y este secreto dentro de mí. Recuerdo cuando me fotografiaron para mi libro anterior. Era un momento muy malo para mí. El libro no tenía nada que ver, tampoco tenían nada que ver los hijos, tenía que ver solo conmigo. Se nota también en las fotos. Y en cambio esta vez estoy electrizada todo el tiempo.

Mientras me fotografían, mientras respondo a las primeras entrevistas, mientras la editorial me manda las primeras pruebas de la campaña en las redes sociales, mientras empezamos a tener las primeras respuestas de la gente que seleccionamos para que lo lean antes de la publicación –periodistas, escritores, amigos de confianza–, mientras hablamos constantemente; mientras todo eso pasa, estoy embarazada. Me siento fuerte, concentrada para la salida del libro, estoy muy impaciente. Giulia tenía razón: todo saldrá bien, el libro y el embarazo. Dos corazones laten en mi interior; además de un tercero, que es el mío. En esas fotos está toda mi sensibilidad de esos días, de esos meses. Si las mirase bien, lo comprendería todo (hoy, esas fotos cobran vida y se convierten en un fantasma que me sonríe despectivo: aquello que fuiste, y que ya no eres).

A partir de ese 23 de diciembre, empezamos a llamarlos Abbott y Costello. No nombres dulces, apodos, epítetos cariñosos. Abbott y Costello, como los llamó Andrea cuando los conoció. Aún no sabemos que tendremos poco tiempo para llamarlos así.

«Tú tienes un montón de secretos y yo ninguno», dice una canción que me gusta mucho.

Una vez un novio que tuve me dijo: «Esta frase siempre me recuerda a ti».

Si Andrea fuese como ese novio que tuve, a lo mejor me diría lo mismo. Pero a él no le pega decir frases tan largas.

Escribo en el chat que tengo con Ada y Bianca: «¡Son dos!». Y ellas se alegran y dicen que será maravilloso. «Mejor dicho, te olvidas del tema: tienes dos y asunto resuelto para siempre». Nos reímos mucho y yo estoy en una nube.

En Navidad vamos a la casa de Giulia. Cantamos, bailamos, y de nuevo me da miedo no saber ser madre. Como ostras. Bebo vino. Andrea se corta abriendo ostras. Pánico, luego todo se tranquiliza. Trato de tranquilizarme yo también. Creo que lo consigo antes de acostarme. Me pongo la mano en la barriga cuando me tumbo en el sofá (me siento más protegida si duermo sola), con ellos dos. El futuro es impensable. No sé por dónde empezar a imaginármelo. Esa noche, y siempre, en destellos es estupendo como en un cuento, más que en un cuento. En destellos está demasiado desenfocado para entenderlo. En destellos me da mucho miedo. Qué estarán haciendo Abbott y Costello, durmiendo, nadando.

Los días de Navidad, a pesar de que estamos encerrados en casa por el covid, a pesar de que no podemos salir de nuestro municipio, a pesar de los peligros del embarazo de gemelos (en el que realmente no pensamos, porque no nos lo podemos creer), son los días de Navidad más bonitos que he pasado en toda mi vida. Vemos *Harry Potter* y todas las películas navideñas, cenamos y comemos con Emilio y Carlo (aquellos con los que en agosto me fui a Sperlonga), que viven a dos minutos de nuestra casa, por eso podemos vernos a escondidas. No saben nada, pero yo sé, y los gemelos, que con ellos están protegidos. Estamos todos dentro de estos dos niños que crecen cada día: estamos todos, todos los que me quieren, aunque no saben que estoy embarazada, todos están aquí. Aprendo por primera vez en la vida que no es imprescindible que la gente esté enterada de lo que te pasa para apoyarte, consolarte, ayudarte. Y para hacerte feliz.

El 28 de diciembre voy por primera vez a hacerme una ecografía donde la médica que me ha estado viendo en la clínica de Y., en su consultorio de Roma. No le he dicho que ya me he hecho dos ecografías con el doctor S.

Cuando llego me recibe con una amplia sonrisa. Luego frunce el ceño: «¿Y el padre?», dice, «dónde está». *El padre.* Métete en tus asuntos. En ese «y el padre dónde está» hay un reproche. Por ese padre ausente que ella nunca ha visto conmigo. *¿Y el padre? ¿Dónde está el padre?* Lo que viene a decir es: ni siquiera esta vez ha venido. En esos meses, cuántas veces ella u otros médicos balbucieron o balbucirán frases por ese padre que nunca han visto. Supieron hacerlo: el germen del resentimiento lo instilaron muy bien en mi interior. Una mujer en la que no me quería convertir: la madre que se siente abandonada por el marido que trabaja y que no piensa en su hijo (o que no lo quiere). Cuántas veces Giulia, Ada y Bianca me dirán: ¿lo has mandado a tomar por culo? Ellas, u otras personas desagradables que conoceré. Ya lo he dicho, no mandaré a tomar por culo a nadie.

Me dice que prepare el vídeo para grabar el latido del cuerpo *para el papá*. Me dice «y ahora descubriremos por fin si son uno o dos». Y veo que sonríe encantada porque me cree preocupada. Pero yo no estoy preocupada, estoy preparada. Ya sé que son dos. Me hago la tonta. No veo la hora de ver otra vez a Abbott y Costello. No veo la hora de escuchar de nuevo su corazón.

Me desnudo. Sujeto el móvil, lista para grabarlos a ellos, y el corazón. Me tumbo en la camilla. Abro las piernas. Ella introduce la sonda y yo coloco el móvil en posición y ella se sorprende. Yo estoy preparada con el vídeo y ya sé por qué está sorprendida: son dos. No me asusta, capulla, ya sé que un embarazo de gemelos es mucho más difícil, pero estoy feliz, estoy lista, estoy preparada para todas las cosas angustiosas que vas a decirme, voy a conseguirlo.

«No entiendo cómo puede ser», me dice, «pero son tres».

«Pero yo me implanté solo dos embriones», respondo, y no me lo creo, «¿cómo pueden ser tres?». Sé que me dirá: perdóname, me equivoqué. Lo sé.

«Son tres», repite.

El vídeo de la ecografía y del latido no lo haré nunca más.

Estamos locos, ya lo he dicho, y yo de ese día, de todos modos, guardo un recuerdo brillante. Ese día en el que ocurre de todo.

La médica me explica que, de alguna manera —se han fijado los dos embriones, y uno de los dos se ha ¿desdoblado? (¿*desdoblado*?, pero ¿qué es esto, una película de extraterrestres?)—, de alguna manera, un embarazo de trillizos, y además de este tipo, es casi imposible que salga adelante. Tres niños, no puedo ni imaginármelo. Me explica todos los horrores relativos al embarazo de trillizos: son muy altas las probabilidades de que uno, dos, tres, o los cuatro, la cuarta soy yo, no sobrevivan. Es muy peligroso, me dice. Las probabilidades de que incluso solo uno sobreviva son bajas, y la probabilidad de que yo tampoco sobreviva es factible.

Mientras todo me da vueltas alrededor y los oídos me pitan y me digo atiende bien lo que te está diciendo, atiende muy bien porque vas a tener que explicárselo a Andrea, ella llama a la sala a otro ginecólogo del centro para una consulta. Me regañan por haberme implantado dos embriones, me ponen verde (también él, el que me había dicho si no apuestas, no ganas —«¿Lo mandaste a

92

tomar por culo?», me dirán mis amigas. «No»–), me dicen que si creo en Dios entonces puedo intentar tener los tres niños («¡¿Qué te dijeron?! ¿Los mandaste a tomar por culo?». «No».), si no, tengo que pensar en una *reducción*.

Reducción quiere decir que, en fin, no sé cómo escribirlo, no sé cómo decirlo en mi cabeza: reducción quiere decir que de los tres fetos –¿mataremos?, ¿eliminaremos?, ¿cómo puedo decirlo?, ¿cuáles son las palabras que puedo usar?, ¿cuáles son las palabras que sé usar?, ¿cuáles son las palabras que quiero usar en este libro, en mi texto?– a uno. Descubro y descubriré cada vez más que en el terreno médico se usan eufemismos (yo que creía que la medicina usaba un lenguaje claro; el lenguaje que yo prefiero de todos –el lenguaje que no suaviza nada–, también en las novelas; el lenguaje que no suaviza nada, yo, que en la vida oculto y miento y lo suavizo todo). De manera que tengo que hacer una *reducción*. A menos que confíe en Dios, no tengo opción. Lamentablemente, no tengo dios. Mi madre sí. Pero mi madre no sabe nada. Nunca sabrá nada. Si no confío en Dios, la medicina dice que la reducción es la única opción. E incluso así, las probabilidades de que este embarazo salga bien son muy escasas. Pero dicen que para esta *reducción* tengo que ir a Milán. Me regañan: «También para nosotros esto es un problema, a los responsables del centro de Y. no les va a gustar, ¿cómo se lo explicamos?». («¿Cómo? Pero ¿los mandaste a tomar por culo?». «No»). Y luego me dicen que ya no quieren saber nada de este embarazo, que pueden ponerme en contacto con un médico especialista en Ginecología y Obstetricia, ellos con este embarazo ya no pueden hacer nada más. Yo escucho y escucho y procuro acordarme de todo lo que tengo que contarles a Andrea y al doctor S. y aprieto la ecografía de mis tres hijos gemelos entre las manos y escucho y me digo: «Concéntrate, no te desmayes, no pierdas la cabeza, presta atención a todo lo que te dicen». Escucho mientras me describen todo ese horror y mientras me regañan y no digo nada y luego solamente pregunto: «Pero ¿están bien?». «Sí, están bien los tres».

Y antes de echarme debo estar evidentemente tan pálida que les asusta que me desmaye. Pero no me acompañan a ningún lado, no me sientan, solo me preguntan: ¿cómo has venido? ¿En ciclomotor? ¿En coche? Porque estás pálida y es preferible que no conduzcas. El ciclomotor, desde que estoy embarazada, claro que no lo he vuelto a coger. He venido en taxi.

No necesito ayuda, digo, me marcho. En el taxi me llega un mensaje de lo más feliz de Andrea: «¿Y bien? ¿Qué cara ha puesto la gine?». Yo escribo: «No te has enterado, son tres».

Pero no creo realmente que sea una tragedia, a pesar de todo lo que me ha explicado la ginecóloga —las hemorroides, las muertes fetales, mi muerte—, no creo realmente que sea una tragedia, no lo creeré nunca, Andrea tampoco lo creerá nunca hasta el final de esta parte de la historia. Haremos de todo por ellos tres. Haremos todo lo que nos dicen que hagamos. Pero, en el fondo, ninguno de los dos cree de verdad que pueda salir mal. Quizá porque ninguno cree nunca realmente que esté en el ojo del huracán. Quizá porque somos los padres, y no nos lo podemos creer. Y yo soy la madre.

Llego a casa y Andrea está abatido. Le escribo al doctor S. un mensaje larguísimo, le cuento lo de Milán, lo del centro médico especializado en Ginecología y Obstetricia, y lo de la reducción, y que tengo miedo, y le pregunto qué hacer. Exactamente un minuto después, en otro mensaje, le escribo: «Están bien. Los tres». Hasta hace dos meses, no tenía a ninguno en mi interior. Ahora son tres. Solo quiero que estén bien. Una hora y media después, repasando mis correos, veo que tengo un mensaje de voz del doctor S. Pero no puedo responderlo, porque, una vez más, se interpone el destino.

Mientras Andrea y yo estamos en casa –el toque de queda, el covid, las vacaciones de Navidad, las primeras promociones en redes sociales que la editorial pone online, y los «me gusta», y yo estoy emocionada por este libro, y después estoy desesperada, y después estoy feliz por estos niños, quienes sean, cuantos sean–, mientras nos miramos y yo trato de explicarle todo lo que me ha dicho la ginecóloga del centro (creo que estamos teniendo la misma sensación: la mente no consigue comprender bien qué está pasando), me llama un amigo al que quiero mucho (me doy cuenta, según escribo, que tengo amigos a los que quiero francamente mucho).

Se llama Marco. Pasó la Navidad con sus padres. Volvió a casa y se sentía *raro*. Luego tuvo fiebre. Se hizo un test rápido. Es positivo.

¿Cuántas probabilidades hay de que en la vida de una persona se mezclen y se sobrepongan hechos extraordinarios, todos juntos, y todos conectados entre sí? El cero coma algo de probabilidades, pero esta es toda una historia de cero coma algo de probabilidades de cosas en la que te dices la probabilidad es muy baja, es imposible que ocurra, y luego resulta que el cero coma algo hace pedazos al noventa y nueve coma algo y gana. Siempre.

Cuando Marco me llama, yo todavía tengo las ecografías de los trillizos en la mano. Estoy tratando de explicarle todo a Andrea. Respondo al teléfono, Marco me dice: «Tengo covid». Yo me hundo en la oscuridad, porque es la época en la que el covid es muy peligroso, en la que los tratamientos intensivos están a punto de salir, porque Marco acaba de estar en la casa de sus padres ya mayores, y me repite: «Los he matado», porque me lo imagino solo en casa –vive solo–, muriéndose de miedo, de sentimiento de culpa y de dolor.

Y hay algo más.

Yo, que soy una madre depravada, hace dos días tomé un aperitivo con Marco. Estábamos en su casa (encerrados), con las ventanas cerradas. Y él, como yo siempre tengo frío, encendió la chimenea por mí. Comimos patatas fritas de la misma bolsa. De acuerdo. Estoy loca. Pero ya pasó. (Me dan ganas de borrar lo que he escrito –la verdad– y dejar solo un genérico: vi a Marco, sin explicitar lo perversa que fui, pero he prometido ser sincera). Cuelgo y le digo a Andrea: «Marco tiene covid». Yo no puedo tener covid. No puedo tenerlo porque estoy embarazada.

Tampoco puedo estar en cuarentena. Tengo que ver a un médico especialista en Ginecología y Obstetricia. Tengo que saber qué hacer («¡Enseguida, enseguida, antes que enseguida!», me gritó la ginecóloga del centro) con todo lo que me está pasando. No puedo tener el covid. Estoy embarazada.

Taxi. Noche de Roma. Hemos encontrado un laboratorio privado donde hacen test hasta muy tarde. Ahora es cuando me llama el doctor S., pero no puedo responder porque estoy yendo a que me tomen una muestra. Andrea y yo, en el taxi, cogidos de la mano.

¿Cómo puedo explicar que ahora este recuerdo es dulce? Por supuesto, estamos aterrorizados por todo lo que pasa. Aun así, ya que nos desborda, somos valientes. Una vez leí que la valentía te sale cuando ya no puedes pensar. El auténtico héroe no piensa: actúa. A lo mejor hemos caído en esa fase. Seremos muy valientes hasta el final de una parte de esta historia. Recuerdo el momento en que los dos íbamos en el taxi, y no pasa solo Roma ante nosotros, sino todos nuestros miedos —el embarazo de trillizos, el covid–, pasa todo y el único pensamiento verdadero que tenemos es: ellos están ahí, el latido es fuerte, están dentro de mí. Nacerán. No hace falta que nos lo digamos. Yo sigo teniendo las ecografías en la mano. Se las doy a Andrea, en el taxi, le señalo: uno, dos, tres: Él me aprieta la mano, me abraza, dice: «Hola, Aldo, Giovanni y Giacomo».

Nos hacemos cuatro test. Un montón de dinero. Uno rápido por cabeza. Uno molecular por cabeza. Absurdo. Salimos de la clínica cuando ya son las nueve y media.

Nos vamos en el taxi. Vamos siempre cogidos de la mano. Luego, por primera vez, Andrea pone una mano encima de mi barriga. Yo entonces pongo mi mano encima de su mano. Encima de ellos cuatro.

Llamo al doctor S. Me responde enseguida, y eso que es muy tarde. Esa voz de padre, firme y tranquilizadora. Si él supiese lo que ha sido para mí esa voz. Me dice que la situación es muy compleja, y que hay que hacer la reducción. Pero no está alarmado ni enfadado porque me haya implantado dos embriones. Tiene una voz relajante. Me dice que no iremos a Milán, sino a Londres. Londres es el mejor sitio para este tipo de operaciones, me dice. Los porcentajes de éxito son altísimos. He de estar tranquila (no sé hasta qué punto, en toda esta historia, el doctor S. ocultó sus preocupaciones para que yo no me preocupara; solo recibí avisos, de vez en cuando, como las huellas que deja involuntariamente un ladrón, pero sé que siempre me dijo todo lo que debía decirme y que se guardó para sí todo el horror; y en este momento no me avisa de nada, en esta llamada me tranquiliza y punto). Dice que lo conseguiremos.

Le digo a Andrea: «¡Lo conseguiremos!». Y nos abrazamos. No quiero ni pensar que conseguirlo de manera natural significa que uno o dos de estos embriones no llegarán al tercer mes (algo muy probable, me dijo la ginecóloga de Y., me dice el doctor S., me dirán todos los médicos; habitualmente, en los embarazos múltiples un gemelo o más no consigue sobrevivir), y conseguirlo con ayuda médica significa *reducir* a uno de nuestros hijos. No lo pensamos porque el pensamiento mágico (pero esta vez no es mágico, esta vez son las ganas de conseguirlo del ser humano, no, no son las ganas de conseguirlo del ser humano: es la eliminación) nos dice que lo conseguiremos.

Ahora he encontrado la palabra: realizaremos en estos meses una testaruda, inflexible eliminación.

Pasamos una noche perplejos entre el miedo al covid y toda esa realidad que nos retumba en la cabeza. «No puede ser» es la frase que repetiré más en toda esta historia.

Andrea dice: «Tenéis que comer». Se dirige a nosotros cuatro. La ginecóloga del centro me dijo: «No sé cómo puede mantenerse en pie con trillizos dentro. Tendría que estar en la cama vomitando el alma». Pero resulta que me siento bien, quizá mejor que nunca. Los cinco comemos, a medianoche, al abrigo de una casa que, a pesar de todo, es espléndida (yo que siempre he odiado el concepto mismo de casa). Nuestro arbolillo torcido brilla.

Llega el resultado del test rápido. Negativo. Por la noche llega el del molecular. Negativo. A la mañana siguiente llega también el del molecular de Marco: negativo. El del test rápido era un falso positivo.

No sabe, Marco, lo feliz que estoy. Por nosotros, pero también por él. Imaginármelo en esa casa, solo, desesperándose. Me resultaba tremendo. Nos encontramos bien, los cinco. Y él también se encuentra bien.

¿Ves, Dios, ves, mundo, ves, quienquiera que seas, que podemos conseguirlo?

Desde que pasó todo, ya no me pongo la mano sobre la barriga.
Nunca.

Si la mano de Andrea aparece en mi barriga, la aparto.

Este año, ese arbolillo pelado con los adornos absurdos lo hemos dejado en la caja. Ni siquiera nos dijimos que no lo íbamos a montar. Ambos sabemos que no ha sido un olvido: en todas las casas, en todas las calles brillaban los adornos navideños. Sencillamente, cuando llegó el momento, ninguno de los dos habló del tema.

Luego, en un momento dado, Andrea me dijo: pero ¿el árbol? ¿Lo montamos?

Y yo me molesté porque creía que nos habíamos entendido sin palabras. ¿Qué es esto, un juego de mentalista, que alguien pueda entenderte aunque no hables?

Le dije: «No lo quiero hacer. Me recuerda al año pasado».

Él se puso nervioso: «No puedes estar pensando siempre en el año pasado. No tiene sentido que ya no podamos hacer nada porque todo te recuerda al año pasado».

Dije: «Pues montémoslo».

No lo hicimos.

Ocurre que:

El doctor S. me dice que llamará enseguida a Londres, que esté tranquila. Él se encarga.

El 30 me hago otra ecografía. La realidad que surge de esa ecografía desborda mi imaginación y la de Andrea, pero sobre todo la del doctor S. y la de la ginecóloga del centro de Y. No se trata de un embrión desdoblado y de otro arraigado, sino de un solo embrión arraigado, que se ha triplicado. Se denomina embarazo monocorial triamniótico. Significa que solamente hay un saco vitelino, como ya había visto el doctor S. en la primera ecografía. En un único saco vitelino hay tres embriones. Lo que realmente significa no lo sabré hasta más adelante. El doctor S. dice que esté tranquila, que él se ocupa de todo. Repite que la posibilidad de que nazcan los tres es mínima (nosotros no sabemos qué podemos esperar). Repiten todos, el centro de Y., el doctor S., los otros médicos: algo así no lo han visto nunca. Tampoco existe mucha literatura sobre el tema. Hay poquísimos casos. Has tenido mala suerte, Antonella —cuántas veces escucharé esa frase en los meses siguientes—. Los médicos, los ginecólogos, los cirujanos, los ecografistas a los que visitaremos continuamente se quedan atónitos: nunca han visto algo así. Un solo embrión que se triplica. Sabemos, escuchamos que es una tragedia. Pero no lo comprendemos. Es absurdo. No puede ser, son las frases que más nos repetimos, que con más frecuencia repiten las personas que saben. ¿Y ahora qué haréis?

Nosotros vamos a las consultas y estamos desesperados. Pero en cuanto salimos es como si lo olvidáramos todo. Recordamos solo esta gran euforia. Una vez más, no sé cómo explicarlo. El cerebro te dice una cosa, pero están estos tres corazones que laten (están perfectamente –repiten todos– los tres). Pero he de ser sincera: nosotros esperamos que uno de los tres no salga adelante. Tenemos que esperar algo atroz.

Cuando le explico lo que ocurre, la médica del centro de Y. no se disculpa por haberme dicho que yo tengo toda la culpa de este embarazo absurdo pues yo misma tomé la decisión de implantar dos embriones. («¿Mandaste a tomar por culo a esa capulla?». «No»). A quién le importan las excusas. Aquí tenemos que sobrevivir.

Una vez más, nos importan un bledo las restricciones, y pasamos el 31 de diciembre en la casa de Marco. Estamos él, su novia y nosotros cinco. El doctor S. me ha dicho que no coma nada que tenga que ver con el cerdo, tampoco embutido. En la cena hay embutido. Andrea, a escondidas, pone mi carne en su plato. Nos miramos sonriendo: es nuestro secreto. Nos quedamos jugando al Risk hasta el amanecer. Regresamos a casa pegados a los muros para que no nos pille la policía: a los cinco. Es un amanecer espectacular, el amanecer más hermoso que haya habido nunca.

A principios de enero, Emilio y Carlo se casan sin decírselo a nadie. Hay covid, y no se admiten invitados. Inmediatamente después de la ceremonia, nos invitan a comer y nos lo cuentan. Yo me emociono y ellos ríen. Y no veo la hora de revelarles que yo también tengo una sorpresa, que yo también tengo una noticia inimaginable:

estoy embarazada. A saber qué me dirán. Me imagino continuamente lo que me dirán mis amigos cuando lo sepan, y no veo la hora de que eso pase. No veo la hora de que me inunde el amor. En un momento dado, en esa comida, mientras bebo la que Emilio ya llama «tu Schweppes», me entran ganas de decirlo. Pero tengo esa barrera y no puedo. Sin embargo, es como si lo hubiese dicho, amigos. Ese día, juntos, lo celebramos todo: vuestra boda y a nuestros hijos.

Mi plumífero está raído. Lo tengo desde hace quince años. Voy con mi amigo Luca de compras. Me pruebo uno de la talla S, pero me queda un poco pequeño. Espero a que me vuelva a mirar para que me diga: ¿no será que estás embarazada? Pero cómo podría pensarlo: sabe que siempre se lo cuento todo. Le mando una foto a Giulia: «¿Cómo me queda?». Ella escribe: «Bueno, no me parece que sea el momento de comprar un plumífero, pues dentro de un mes no te va a valer» (y muchos corazoncitos y muchas caritas que ríen). (Este año he vuelto a la misma tienda y he comprado ese plumífero: ha sido otra demostración de fuerza inútil, de esas que hago repetidamente desde que pasó todo, como cuando te plantas un objeto hirviendo en la piel para aprender a aguantar el dolor).

Me hago mil ecografías, casi una cada dos días. El doctor S. está siempre. Da igual que sea Año Nuevo, sábado, domingo, festivo. Me monitorea continuamente mientras espera la respuesta de Londres. Pero ahora omite un indicio involuntario: ya no me deja oír el latido del corazón. Porque una vez, en un momento en que él había salido, le pedí a una de sus colegas: «¿Me deja oír el corazón?», y me había emocionado con esos latidos, y cuando él regresó se puso serio y le dijo: «¿Por qué has dejado que oiga el corazón?». Su colega me señaló: «Me lo ha pedido ella». Él no dijo nada. Una voz en mi cabeza preguntó: ¿por qué no quieres que oiga los latidos? Porque tiene prisa. Solo porque tiene prisa.

Los embriones, los niños, como tengo que llamarlos —*ellos*—, están perfectamente. Crecen bien, tienen el mismo tamaño, el corazón late con fuerza, están bien implantados. La esperanza de que uno de ellos se *reabsorba* —cielos, qué término tan brutal— ya es solo mínima. ¿Puede ser una *esperanza* que un hijo muera? ¿Que al menos uno de ellos muera? ¿Cómo se puede esperar algo así? ¿Cómo se puede no esperar algo así? ¿Cómo se puede todo?

Llegan los primeros ejemplares del libro, que saldrá dentro de pocos días. Le regalo uno al doctor S.

La variante inglesa llega a toda Europa. Al doctor S. le dicen que no podemos ir a Londres a hacer la reducción (¿cómo es posible?, ¿cómo es posible que todo se cruce con todo?, ¿cómo es posible que sea precisamente Londres el mejor sitio en este terreno y que haya una nueva variante precisamente en el Reino Unido?). Me desespero, digo: «¿Qué vamos a hacer?». Él dice: «Tenemos que quedarnos en Italia. Vamos a Milán. Lo conseguiremos. Así también vale».

Cuando no está en casa, Andrea me manda mensajes como: «¿Qué hacen Aldo, Giovanni y Giacomo?». Y yo: «Aldo duerme, Giovanni ni se inmuta, Giacomo está nervioso». Y para nuestros niños inventamos personalidades: el perezoso, el entusiasta/indolente/sibarita, el nervioso/bailarín —como yo—. Giacomo está siempre nervioso, y le tomamos mucho el pelo. «Inventamos» no es la palabra adecuada: estas personalidades son verdaderas para nosotros. Estos niños existen. Hoy, un año después, los recuerdo. Esos niños existieron con sus facetas y sus personalidades.

El 8 de enero iré a Milán, a la editorial, por el libro. Estoy emocionada. No se separa, nunca, la sensación que tengo por el libro de la que tengo por este embarazo. Suelen aterrorizarme las presentaciones: cuando era pequeña tartamudeaba (no de vez en cuando, siempre) y, aunque he mejorado mucho, cuando tengo miedo puedo tartamudear o quedarme muda. Por eso, normalmente, me aterrorizan las presentaciones. Me bloqueo en medio de la frase y ya no soy capaz de hablar. Esta vez, por esta novela, nada me da miedo.

Con mi novela anterior lo pasé muy mal. Me dejé dominar por el pánico —por la salida, por la recepción, por las presentaciones—. A pesar de que todo salió muy bien, me deprimí, tomé pastillas para intentar encontrarme mejor, adelgacé diez kilos, no comía ni hablaba. «De esta novela quiero sacar toda la felicidad que no saqué con la anterior», le escribo a una amiga. Pero esta fuerza, esta confianza en el presente y en el futuro, me la da la alegría por el embarazo, aunque yo todavía no lo sé. Parece absurdo, y *es* absurdo, pero las malas noticias sobre nuestra condición de salud nos pasan de largo. Es como cuando cuelas la pasta. El agua son las tragedias que nos afectan de cerca. La pasta son los tres niños. Solo ellos quedan.

Creo que es alegría, pero en realidad es la esperanza cuando se ha perdido y el nombre sigue siendo el mismo: eliminación.

El doctor S. está pidiendo cita para mí en el hospital de Milán. Podría ser cualquier día. Y no puedo retrasar la fecha. Hay que ir a ese centro especializado *lo antes posible,* la situación es muy crítica. Pero el 8 de enero iré a Milán por el libro y el 14 saldrá el libro; no puedo estar en el hospital. Todo a la vez. Le escribo a Giulia. «Esperaba que fuese algo bonito, algo natural, después de todos estos años. Me parece un sueño» (sí, escribo un sueño, no sé por qué). «O una pesadilla», escribe ella. «Sí». «Creo que online puedes hacerlo todo». «¿Lo hago en el hospital?», digo yo, con un emoticono que significa: qué coño tengo que hacer. «En mi opinión tienes que contar la verdad a la editorial y posponer las presentaciones». «No. No. Eso no se puede hacer. Todo está programado. Si pospongo los temas del lanzamiento, todo se fastidia. Así funciona la promoción. Si pospongo los temas del lanzamiento, seguro que el libro funciona mal. Y además contárselo… No me apetece». «Trata de no estresarte demasiado y tómate las cosas con calma». «Sí». «Si lo piensas todo tanto, no sales adelante». «No».

Me llaman del hospital de Milán. El doctor S. les ha avisado que estaré en la ciudad el 8 y el 9 de enero por trabajo. Consiguen encajarlo todo (esta historia es también una historia de gente espantosa, o de gente maravillosa como el doctor S. y el equipo del hospital de Milán). El doctor S. nunca olvida que, además de una mujer embarazada en grandes apuros, soy escritora. Nunca me dirá: ahora olvídate del libro y concéntrate solo en esto. Resulta tan raro conocer a alguien que te tiene en cuenta en toda tu integridad, no solo como paciente.

En medio del caos total, el doctor S. ha encontrado una luz. En la editorial invento que cuando hayamos terminado el trabajo con el libro tengo que ir a un centro especializado porque padezco de jaqueca desde hace años (cierto). Eso porque el viaje lo organizan ellos, y porque el trabajo tiene que estar programado de manera que yo pueda llegar al hospital a tiempo. Invento una mentira tras otra, hablo largamente de esta jaqueca, prometo contar cómo me encuentro.

Llega, pues, el 8 de enero y yo, embarazada de ocho semanas, con náuseas, con Aldo, Giovanni y Giacomo, salgo para Milán.

No me puedo imaginar, nadie se puede imaginar, qué me espera en estas pocas horas.

Recuerdo cuando llego al hotel. Recuerdo que estoy eufórica (os ruego que no me juzguéis superficial o loca, durante todos estos meses que estoy contando tengo este fuego dentro, este fuego que dice que todo saldrá bien, todo, todo, no sé cómo explicarlo). El recepcionista, que no sabe que somos cuatro, me pide el carnet de identidad. Subo con mi maleta a la habitación como si fuese la primera vez que veo un hotel. Y así es. Porque no voy a uno desde hace un año. Porque por fin estoy haciendo un viaje. Porque lo estoy haciendo por mi novela. Y porque soy la madre.

No pienso en el hospital.

Entro en la editorial. Control de temperatura, mascarillas, distanciamientos. En las mesas hay un montón de ejemplares de mi novela que debo firmar. Aldo, Giovanni y Giacomo podrían estallar de alegría. O podría hacerlo yo. Hago una foto y la cuelgo en Instagram. Escribo: «Por fin es inminente». Y hablo del libro, por supuesto. Pero es también un mensaje en clave que mando a las estrellas.

Pasamos días espléndidos en la editorial con todas las medidas de seguridad por el covid. Yo confío en no vomitar en los momentos más importantes. No vomito, o consigo vomitar en los descansos. Aldo, Giovanni y Giacomo me cuidan, o les da todo igual (me gusta pensar en unos niños felices que no se preocupan por su madre). Andrea me escribe y me pregunta por ellos. «¿Qué hace Aldo?». «Duerme».

«¿Y Giacomo?». «Giacomo está cagado de miedo por las presentaciones que tendré que hacer». Nos reímos de su ansiedad y, por primera vez, a mí tampoco me dan miedo las presentaciones. Para eso está él.

Al día siguiente, antes de regresar a Roma, voy al hospital.

Puedo escribirlo solo como lo puedo escribir.

Hago que el taxi que ha contratado la editorial me deje delante de la clínica. Es bonita, muy cuidada, especializada en embarazos complicados. Lo conseguiremos. Entro. Me tumbo con las piernas abiertas. Ecografía transvaginal. Las médicas, muy amables. El latido (ese latido, qué increíble ese latido). Empiezo a ver las manos, los pies, la cabeza. Estas son las manos. Estos son los pies. Esta es la cabeza. Y esta es la ecografía de Huck Finn. Tres latidos potentes, fuertes, seguros. Los niños están bien.

Pero la situación es muy grave. «¿Estás preparada para abortar?», me dice una médica. «Pero…», empiezo a llorar, no dejo de llorar, durante horas, «llevamos años buscándolos», y estos son mis hijos, pero no se lo digo. «Entonces, sería una tragedia», dice ella. Me sonríe. Pero es muy dura y sincera. Porque he de saberlo todo. Todas las posibilidades, toda la realidad, todos los riesgos. Si quiero tenerlos, debo hacer forzosamente la reducción (salvo que quiera tentar a la suerte y correr el riesgo de que mueran los tres en el sexto, séptimo, octavo o noveno mes, o que nazcan con malformaciones, y de que muera también yo). Me lo explican todo (debo comprenderlo todo perfectamente, Andrea no está). Me hacen dibujos (esos dibujos todavía los conservo, son espantosos). Me dicen que lo mejor es decidir si quiero abortar ahora —al final del segundo mes— o si quiero esperar al final del tercero e intentar la reducción. Me explican que, si no fuese un embarazo monocorial, el porcentaje de pérdida de los otros dos sería solo de entre el cinco y el diez por ciento. Pero que en mi caso —un caso que no ven desde hace años–, los trillizos están en el mismo saco. De modo que todos están unidos. Dibuja un extraterrestre con tentáculos. En realidad, somos mis tres hijos y yo. Estamos todos unidos. Si muere uno, pueden morir los otros dos. Y además hay muchos problemas, aunque la reducción saliese bien y el embarazo siguiese adelante. Está el TTTS, por ejemplo, el síndrome de transfusión de gemelo a gemelo. Uno de los dos podría dar toda su sangre al otro a partir de cierto momento, así, por ningún motivo. Si eso ocurre, se intenta una intervención. Si no llega a buen puerto, uno muere porque ya no tiene sangre, y al otro le estalla el corazón. Tamaño de la cabeza, de las manos, de los pies. Aquí está el corazón. Miro cómo late.

Estoy muy atenta. Hablan mucho. Son muy dulces y comprensivas, pero muy directas. Para qué ocultar nada. Me explican otro horror. Si intentas la reducción, la probabilidad de que los otros sobrevivan es del cuarenta por ciento. ¿Cuarenta por ciento? Yo creía que…

Cuarenta por ciento. Viviremos con ese porcentaje. El porcentaje de que un solo embrión pudiera triplicarse: cerocomaceroceroceroceronosécuánto. El porcentaje de supervivencia de dos. El porcentaje de que, aunque sobrevivan, pueda pasar de todo. Un informador en el cerebro me dice: si ha ocurrido lo imponderable, si ha ocurrido lo que podía ocurrirle al cerocomaceroceroceronosécuánto, ¿por qué no iba a ocurrirle algo que es posible al cuarenta por ciento? Ese cuarenta por ciento me parece nada y me parece todo. En mi inconsciente y absurda esperanza, esto a veces me parece mucho. Una posibilidad manejable. En todos estos meses, nunca creeremos que pueda salir mal. Nunca.

Tengo un mes para decidir. Si quiero abortar. Si quiero intentarlo. Y, en tal caso, si estoy dispuesta a seguir con un embarazo de gemelos en el que en cualquier momento puede pasar lo peor.

Lo he escrito como podía escribirlo. Pido perdón, pero acabo de releer exactamente trescientos mensajes de aquellos días. Pido perdón, pero no puedo ser más exacta. No puedo concretar más. El pasillo blanco del hospital oscila. Salgo de la clínica y anochece y lloro, lloro, lloro. Voy a la estación y me dan igual la mascarilla, el desinfectante, los contagios. Me meto en un bar para esperar el tren y no llevo mascarilla, no me desinfecto las manos, me toco los ojos, recojo la mascarilla que se me ha caído al suelo y es la que me pondré en el tren. Todo me importa una puta mierda. Llamo a Andrea y lloro. Llamo a Giulia y lloro. Y tampoco Giulia sabe qué decirme. Nadie lo sabe. Cojo el tren y lloro.

Por la mañana, antes de saberlo todo: «Aldo, Giovanni y Giacomo tienen miedo». «Pronto llegarán. Es bonito pensarlo, ¿no?» (Los mensajes de Andrea son los que me desgarran, más que los míos). «¿Y si mueren todos?». «Anda, Toni, siempre poniéndote en lo peor, tenemos tres, coño, siempre tan exagerada». «Pero todos dicen que puede pasar». «Pero ahora tenemos que confiar. Te espero por la noche en la estación. Te espero a ti y a Aldo, Giovanni y Giacomo». «Nos quieren separar, pero nosotros no queremos, nosotros cuatro vamos a estar siempre juntos». (No quería escribir este mensaje en este libro).

Luego llega la avalancha de mensajes tras la revisión. Una mezcolanza de terror por ellos, terror por las mil cosas que hay que hacer por el libro en esta situación. Terror. En el tren: «Lo conseguiremos, Toni. Menos mal que eres fuerte. Siempre has sido fuerte». Yo no respondo, él: «Imagínate que fueras una debilucha». Quiere hacerme reír y yo, como los locos que somos, me río. «Tú eres fuerte, siempre has sido fuerte. Son tus hijos, coño, son fuertes como tú.

No abandonaremos». «¿Verdad?». «Sí». Unas horas después: «No puedo con esto. Y estar ahí escuchando una hora todo eso, esa perspectiva tan angustiosa. Es tremendo». «Cuando llegue el momento ya veremos, anda, por favor. No han dicho que esté todo acabado». «Uf. De todos modos es un calvario. Algo que no tiene fin. Que se puede interrumpir en cualquier momento. Durante nueve meses». «Sí, vale». «Pero, aunque haya que sufrir, puede salir bien, ¿no?». «Pero ¿por qué siempre hay que sufrir?». «Ay, pequeña, no lo sé. Pero hay que aguantar». «Estoy harta de que siempre haya que aguantar». «Pero siempre es así. De nada vale pensar de otra manera. Aguantemos juntos, amor» (si fuese el personaje de una novela, y ahora estuviese diciendo amor, considerando cómo habla y quién es, se me partiría el corazón). «Pero estos pobrecillos. Anoche soñé con ellos. Eran dos». «Y qué hacían». «Rubios». «No es una hazaña. «En la ecografía de la barriga se veía que ella tenía pelo largo rizado y él parecía más un chiquillo, pero tipo lord». «¿Eran un niño y una niña?». «Sí. Aunque eso era imposible. Con esa clase de embarazo los tres son iguales. De cara y cuerpo, todos iguales. Imagínate qué cosa, tres niños iguales» (atenuamos, rebajamos, estamos locos). «Ojalá se parezcan a mí». «No, a mí». «¿Y luego cómo sigue el sueño?». «Ella estaba vestida de rosa y él de azul» (con un emoticono pasmado que quiere decir: pero ¿por qué los hemos vestido de rosa y de azul?). Él: «Ajajajá» y luego una pausa y luego: «Preciosos». «Y se les veían muy bien la cara y las manos. Y estaban bien». «¿Y el tercero, pobrecito?». «Ya no», pausa, «estaba». «Lo conseguiremos, me cago en la leche». «¿Por qué no puede ser normal? ¿Por qué no puede ser algo hermoso?». «Lo conseguiremos». Y luego le cuento que he recibido montones de mensajes en el teléfono, en Instagram y en Facebook, por el libro, y yo, que tengo que responder con entusiasmo, no soy capaz (en realidad no *tengo*: quiero; sigo siendo esa persona escindida, también ahora, también en un momento así –te lo has merecido–), no soy capaz (no sé racionalmente lo mucho que todo esto, que creo que me hace daño, me hace bien). Y después le cuento que

(un instante, un respiro)

para verlos bien las médicas tocaban y apretaban la barriga y ellos se movían. Ya se mueven. Ya existen. Y cuánto los hemos querido. Y nosotros queremos que se queden con nosotros. Él: «Pero hay un cuarenta por ciento de probabilidades de que dos de ellos lo consigan. Tienes que pensar así». «Pero incluso si lo consiguen, sigue habiendo entre un quince y un treinta por ciento de probabilidades de que los que queden se contagien entre ellos el TTTS u otra cosa, y de que no sobrevivan. Y estos porcentajes se mantienen los nueve meses». «Nos habían dicho que no iban a llegar hasta aquí los tres. En cambio, siguen los tres. Son duros, Toni. Los tres».

Es el 29 de diciembre de 2021 mientras escribo estas últimas palabras. A Andrea le he dicho que sigo escribiendo. Ha aceptado leer lo que he escrito. Le he leído todo en voz alta. En ningún momento he llorado. Ahora llega al salón. Se acaba de despertar. Por fin en Roma —donde el covid, como en todo el resto del mundo, se dispara de nuevo—, después de una semana de lluvia, luce el sol. Yo he estado toda la mañana buscando los mensajes y los correos para ser precisa, para recordarlo todo. Para escribir lo que había que escribir. Andrea aparece en el salón, sonríe: «¿Queda café para mí?». Y yo contravengo mis reglas y rompo a llorar.

Por todo, pero en especial por un mensaje suyo que acabo de releer. Un último mensaje desde el tren.

«Tiene que ir muy bien el libro», escribo yo, «tiene que darnos fuerza en todo este lío» (palabras exactas, sinceras como nunca). «Sí. Nos las tiene que dar», más tres emoticonos de dedos cruzados. «El doctor S. dice que vaya a hacerme una eco a su consulta mañana por la mañana con toda la documentación, a la clínica Z.». «Perfecto. La clínica donde nacieron mis sobrinos». Yo hago tres corazones. Él: «Y donde a lo mejor nacerán mis hijos».

Cuando regreso a casa, ponemos la mesa y hablamos. Le explico bien, trato de no ser cruel, pero sí clara. No le enseño los dibujos del horror, tengo que ser un robot parlante, tengo que ser un parte médico (no puedo chantajearlo: por favor, no me pidas que aborte los únicos niños que nunca he querido abortar). Al final digo, hay dos posibilidades: «Abortar, o esperar un mes. Disponemos de un mes porque tienen que estar lo más formados posible para saber si alguno tiene problemas, y, en ese caso, para *reducirlo*. Doce semanas es el límite. Nosotros dentro de un mes estaremos en la semana duodécima. Al final de ese mes, si siguen vivos los tres, tendremos que intentar hacer la reducción. Si sale bien, de todos modos es muy probable que el embarazo no sea nada fácil». Esto último no sé si lo he explicado bien. No sé si él ha comprendido bien que el parto prematuro ya es prácticamente seguro, que las hospitalizaciones antes de dar a luz serán largas, la inmovilidad –en cama, en el hospital–, en muchos casos, incluso desde el quinto o sexto mes, que hasta el final es probable el fracaso, la probabilidad de la TIN –Terapia Intensiva Neonatal–, la probabilidad de que los niños, si nacen, sufran siempre una patología por haber sido prematuros y por no haberse formado bien.

Yo durante estos meses lo estudiaré todo. Averiguaré que los gemelos (dos, no tres) de este tipo de embarazo con suerte llegan al séptimo y octavo mes. Me apuntaré a un grupo de Facebook de gestación monocorial biamniótica (no existen los de gestación triamniótica, esto es, para trillizos). Ahí radica la fuerza, y la desesperación. Es mucho peor de lo que pensaba.

Zanjo el tema. Digo: «¿Tú qué quieres hacer? ¿Abortar o intentarlo?». Veo un instante de duda. Lo veo claramente. No sé qué le pasa por la cabeza. Veo la duda en su mente, la leo y no puedo soportarlo: «Lo intentamos, ¿no?», digo. Y mis ojos no admiten otra respuesta. «Claro que lo intentamos», dice. «Y lo conseguiremos», añade.

Me siento Voldemort dirigiendo la mente de la gente.

¿Qué vais a hacer?

Las amigas me preguntan. Yo digo que no puedo abortar. Ellas están de acuerdo. (No sé si lo dicen porque están realmente de acuerdo, o por ayudarme; ¿qué puedes decirle a alguien que tiene un problema así?).

¿Se lo has contado a tu madre?

Mis amigas me suplican. Necesitas ayuda, me dicen, no puedes llevar esto tú sola. Necesitas ayuda. Pero yo estoy dentro de un mundo que nadie puede comprender. Abrir la boca y hablar significa tornarlo todo real. No puedo hablar.

Al menos a tu hermana, entonces. Necesitas contar con una persona cercana.

Pero yo ya cuento con personas cercanas que lo saben, y no puedo implicar a más gente en esto. No puedo abrir la boca. No puedo hablar.

No puedo hacer sufrir a mis seres queridos, a mi hermana. No por ellos: por mí. Ya hay mucho sufrimiento. No quiero hacer eso.

Dilo en la editorial. Pide ayuda.

Yo sé que me ayudarían. Pero sigo pensando que los estoy traicionando —es una idea sin ningún fundamento: pero es una idea real como el café que ya no puedo tomar, me da asco hasta el olor, y me encanta que me dé asco hasta el olor—. Y además siempre, en toda esta historia, mi novela me seguirá importando más que cualquier otra cosa (no más que mis hijos, pero sí que todo lo demás, no más que mis hijos, pero por suerte nadie de momento me ha dicho: elige, tus hijos o el libro).

Estoy convencida de que tener que ocuparme del lanzamiento y de las mil presentaciones y de las entrevistas justo ahora me destruye. Que es una maldición que estas dos cosas hayan coincidido y se hayan mezclado. Pero, cuando sea demasiado tarde, me daré cuenta. No poder dejarlo, no poder revelarle a la editorial lo que me está ocurriendo, será lo único que me evitará enloquecer. Nada tiene que ver con que sea un libro: podría ser cualquier otra cosa que me importara también mucho. Basta que sea *mi* cosa. Me salvará de la locura.

Hasta ahora, hasta este instante en que escribo, he pensado: lo valiente que he sido por no haber dejado el libro en esa situación. Lo pensaba también mientras ocurría: qué valiente eres. Pero he dicho que para escribir tengo que ser sincera; aquí, y solo aquí. Así que me tengo que reevaluar. No he sido valiente. He extraído vida de mi trabajo como nunca antes. He extraído vida de la preciosa tempestad de la novela y la he trasladado a mis tres hijos. He extraído vida de la preciosa —sí, preciosa— tempestad de mis hijos y la he trasladado a mi novela.

No es valentía. No es supervivencia.

Hay una imagen en la que siempre pienso. Una sanguijuela, que te chupa la sangre, chupa, y te aturde. Y tú te abandonas y cierras los ojos y lo leve que resulta, al cabo, desmayarse.

Suplicaré a mis amigas que no hablen de cosas tristes. Fingiremos que todo va bien. Pero me aterroriza hundirme. No quiero hundirme. Foto en la octava semana + 5, para Ada y Bianca, con la barriga destapada, de perfil, como hacen las mujeres embarazadas. «Pero ¿según vosotras parece que he engordado o se nota que tengo un poco de tripa?». Respuestas entusiastas: «¡Se nota! Claro que ya se nota: ¡son tres!».

A todas las presentaciones de mi libro voy con falda larga. Porque los pantalones que tengo ya no me valen. Me lo había dicho Bianca: «Ya verás, de repente dejarás de ponértelos». Mensajes llenos de corazones y de emoticonos felices.

(Cuando todo haya acabado, justo dos días después de que todo haya acabado, mi madre, que sigue todas las presentaciones online, me preguntará: pero ¿por qué siempre te pones faldas, cuando nunca te las habías puesto? Desde entonces, procuraré siempre ponerme pantalones, pese a que todavía me apretaban. Para que mi madre no pueda pensar que estoy embarazada. Me resultaría insoportable. Desde que descubrí que estaba embarazada hasta que fui capaz de fingir una sonrisa, no volví a ver a mis padres).

Han pasado unos días desde que volví de Milán. Hemos recaído en la inconsciencia. En la absurda y triste esperanza. Ni siquiera es esperanza. Es certidumbre. Todo saldrá bien. Ni siquiera pensamos que el primer paso consiste en reducirlos de tres a dos. Hablamos de ellos tres en los mensajes. Alegres. Y del libro. «¡Está en el *Corriere*!», la primera reseña sobre mi libro, el 10 de enero, cuatro días antes de la salida. «¿Y qué tal?». «¡Estupenda!». «Pero ¿tú dónde estás?». «En el salón» –duermo a menudo sola en el salón. Es temprano, por la mañana–. «Entonces ¿por qué me lo escribes si estamos en la misma casa?». «Porque no podía esperar».

El 12 de enero.

«¿Puedes comprar bicarbonato? Y esa bebida de zumo de limón y jengibre que está en la nevera de la entrada del supermercado» (lo vomitaba todo, el bicarbonato y el limón me sentaban bien; ahora, los detesto). «¿Algo más?». «Yogur. Y esas cosas asquerosas, las galletas de arroz». «Vale, qué bicarbonato» (me manda fotos). «Cualquiera. No, el de limón» (compramos mil botes de bicarbonato, uno que está por la mitad sigue en casa, cada vez que lo veo podría tirarlo, pero no quiero hacerlo; es una mezcla de «no quiero tirarlo, quiero hacerlo trizas», y de «¿y si un día vuelvo a necesitarlo?». ¿Sigo con esta espantosa esperanza? Y luego, de nuevo: «si lo tiro, es que ya pasó, si no lo tiro, a lo mejor estaba ahí por algo, a saber quién lo ha comprado y por qué)».

He de preparar la maleta para Milán. «Pero tengo sueño, y Aldo, Giovanni y Giacomo están enojados. Querían ir contigo al plató». «Si te apetece, ven, pero es un día pesado». «No puedo» (resentimiento, incomprensión). Y después: «Tengo que trabajar en una cosa que no me gusta. Estoy enfadada». «¿Y Aldo qué dice?». «Él también está enfadado, quiere dormir, no quiere trabajar». «¿Giovanni?». «Ah, a él le da igual. Está contento. Además, sabe que yo lo hago todo». «¿Giacomo?». «Está nervioso. Dice que todo va a salir mal. El libro. Dice que no voy a saber hacer la presentación». Bueno, él es nervioso. «Pobrecillo. Quédate con Giacomo». «Vale. Me voy corriendo, que tengo la proyección».

El 13 de enero estoy en Milán.

Noche. «Me voy a la cama. Agg tienen sueño» (a menudo los llamaremos también así, Aldo-Giovanni-Giacomo: Agg). «¿Has comido?». «No». «No los mates de hambre, anda, pobrecillos». «Dentro de trece minutos es mi día. El día importante». Estoy tan emocionada. «¡Ánimo! ¡Mucha suerte!». «Me dan miedo las entrevistas». «Que las haga Aldo. Aldo las hace bien». «Pero está durmiendo. Como siempre. Es como tú».

El 14, en Milán. Día de la salida del libro.

Mil mensajes de «¿Has escuchado la entrevista en la radio? ¿Qué tal?». «Sí, todo bien». «Pero tenemos que ver cómo organizarlo todo con Agg. Si nos aceptan en el premio Strega… ¿Nos aceptarán?».

«Claro que os aceptarán». «Pero cómo hago, en julio seré una bola» (o, con mucha más probabilidad, pero no lo digo, ya tendré que haber parido por este embarazo que fingimos que no es tan complicado; si todo va bien). «Estarás guapísima embarazada en el Strega».

(romperlo todo, romperlo todo)

Y yo que me veo ahí, en julio, con un tripón y radiante.

(romper, romper la cabeza)

Hago presentaciones online, entrevistas, una en una librería, pero también en *streaming*. Todo el mundo me dice: tienes una energía tremenda. Agg se ríen.

Así, y luego manotazos a oscuras. Discuto sin parar con Andrea. Le grito que soy yo la que se encuentra en esta situación. Que soy yo la que no va a poder trabajar como antes, yo la que va a tener problemas con la promoción de mi libro. Que él sigue con su trabajo sin todos los problemas que tengo desde ahora mismo. Que, mientras yo me vuelvo loca, él está sereno. Me dice: «Tú te morías de ganas de esto, ¿no?».

(esa vez y muchas otras él me responderá: tú te morías de ganas de esto, ¿no?)

(esa vez y muchas otras yo le diré: esto no es solo mío, ¿lo entiendes?)

(esa vez y muchas otras él me dirá: esto no es solo tuyo, ¿lo entiendes?)

(no creo que podamos entendernos)

Me dice: «Estoy buscando casa. Tenemos que mudarnos. No podemos quedarnos aquí, en una quinta planta sin ascensor, y sin al menos otra habitación».

Yo me siento en la gloria.

Cuando sale para ir al plató, a veces no vuelvo a saber de él en todo el día.

Cuando sale para ir al plató, a veces nos deja tiernos mensajes para los cuatro. Esos mensajes los tengo, pero ya no sé dónde están ni quiero saberlo.

Hoy, 3 de enero de 2022, tengo que replantear este libro. He dicho que empecé a escribirlo todavía poseída por una absurda y triste esperanza. He dicho que este libro me influye.

A lo mejor ya no me influye.

Es más, la verdad es que nunca me ha influido. No son más que chorradas. Solo coincidencias en las que quiero ver señales.

Solo estoy buscando algo, algo en lo que creer.

Estoy relatando lo que ocurrió, pero no lo que está ocurriendo ahora. Lo que va a ocurrir mañana no puedo saberlo. Pero lo que está ocurriendo ahora no puedo relatarlo. No es un diario, no puedo relatar lo que ocurre cada día, mientras todo ocurre. No tengo fuerzas para eso. Ni ganas.

Hoy ha pasado algo que debe hacerme replantear este libro. Algo que una vez más afecta a mi inútil convicción de que puedo dar a esta historia un final feliz. Nunca he escrito libros con final feliz. He escrito libros con finales tristes, finales abiertos, finales de esperanza, pero nunca un libro con final feliz.

Me encantaría poder escribirlo, saber escribirlo algún día.

Tengo que replantear qué es un final feliz.

Tengo que replantear lo que recuerdo. Necesito ayudas –los historiales médicos, los mensajes, los correos electrónicos– para recordar.

He dejado de lado los mensajes con fuertes discusiones y palabras muy feas entre Andrea y yo. He dejado de lado que una vez me habla de dos hijos y yo digo: ¿y el tercero? ¿Ya te has olvidado de él? Y me enfado. –Pero, en el fondo, ¿qué es lo que espero?

Por ejemplo, discutimos mucho porque él me dice que quizá no pueda venir a Milán dentro de un mes, tiene que rodar. Yo digo me cago en la puta, no estás con alguien que no antepone el trabajo a todo, no estás con una persona que no comprende qué es el trabajo para ti (y para mí). Lo he hecho todo sola. He ido a Milán sola para que me hablaran de muerte. Pero esta vez tienes que venir conmigo. Hace falta también tu firma para la operación. Y haces falta tú.

Sabe que esta vez no hay alternativa. Empieza a buscar la manera de ausentarse tres días del plató, ni uno más.

Relato el pasado, es cierto, pero lo relato hoy. Ahora, esas discusiones no son el tema. Y no porque lo haya perdonado, o porque me parezcan discusiones tontas, o porque me considere la santa víctima y a él lo considere el verdugo. La realidad es mucho más imprecisa. Porque siempre hay un enfoque en lo que se relata. Cuando se inventa, y cuando se parte de la realidad. Un enfoque, incluso, como el del iPhone. No puedes fotografiarlo todo. Elige tu enfoque y apunta. Mi enfoque son ellos tres.

Si fuese un personaje de ficción, Andrea tendría que cambiar de A a B a C. En la vida, sin embargo, es como el gráfico de los contagios del covid, o como el electrocardiograma, o como el dibujo de un niño. Sube y baja, avanza y retrocede, se retuerce, se repite, se vuelca.

124

En una novela, en una ficción, un personaje nunca debe repetirse. Andrea se repite y descarta y avanza y retrocede confusamente, sin un esquema que nos oriente. También si se hiciese un gráfico de mí, sería uno muy confuso. Los únicos que van rectos como un tren, ordenados, perfectos, fieles protagonistas de una novela, los únicos que avanzan rectos en su dirección, hacia su destino, son ellos tres.

Ayer Andrea me dijo de nuevo que tengo que superar esta historia. Lo dice cuando discutimos mucho. Lo dijo cuando en Navidad no sabíamos qué hacer y me propuso ver *Harry Potter,* y yo le respondí: «La vimos el año pasado, ya no la aguanto». Lo dice cuando no sé cómo ir a Roma, y él dice coge el ciclomotor, y yo digo: «Con el ciclomotor estoy enfadada, el ciclomotor ya no la cojo». Lo dijo ayer cuando discutimos y yo dije: «Coño, quiero distraerme, no quiero pensar en lo que hacíamos el año pasado en Navidad». Cuando lo dice, yo agarro mi cabeza, la lanzo hacia otro lado y ya no escucho.

Si no, ¿qué tendría que hacerle?

Los hombres –me dicen–, los hombres no comprenden, no pueden con esto. Los hombres. Bah. Yo no sé qué pienso de los hombres, no sé qué pienso de las mujeres. A menudo no sé qué pienso, y no lo quiero saber.

Hasta que acabe el tercer mes, dado que es un embarazo de reproducción asistida, tengo que seguir con los pinchazos y el resto de los medicamentos.

Tomo ácido fólico, comprimidos Progynova (dos por la mañana, dos por la noche), Cardioaspirina, parches Estraderm (dos cada cuarenta y ocho horas), Deltacortene, Pleyris inyectable (dos al día).

No veo la hora de que pase el tercer mes, y de que mi embarazo sea un embarazo como cualquier otro (estoy loca, esta frase en este embarazo no tiene sentido).

Mi libro ha salido y estoy haciendo las presentaciones, las entrevistas. Tengo un mes para no pensar que mis hijos podrían no nacer, que al menos uno de ellos seguramente no nacerá.

Hay una habitación en mi casa que odio. Es el estudio, que da al norte y está helado. Nunca entro ahí. Siempre estoy en el salón, que es muy soleado. Este mes paso mucho tiempo sola, lo que ocurre a menudo últimamente. Bueno, es un decir. Da risa. Cuando estoy sola, somos cuatro.

Nosotros encerrados con el toque de queda, Andrea en el plató con autorización para rodar hasta tarde. Él ve la noche que nosotros —nosotros, o sea, el resto de Italia— ya no vemos.

Paso mucho tiempo sola, y me mortifica la idea de que este embarazo pueda perjudicar a la novela. No he cambiado. Sigo siendo la misma. Y luego me exalto y digo que este embarazo no puede más que beneficiar a la novela. No he cambiado. Sigo siendo la misma.

Andrea se desvanece.

Yo estoy recogida en casa y muchas veces me siento sola y tengo miedo. Y muchas otras veces me siento feliz.

Cuando Andrea no está, las entrevistas y las presentaciones las hago en el salón, lleno de sol.

Cuando Andrea está, me encierro en el estudio, muy frío, porque me da vergüenza hablar delante de él. Con el tiempo, aprenderé a querer esa habitación.

Cada vez que presento la novela, alguien me pregunta si tengo hijos, ya que hablo de una madre que tiene una relación muy difícil con sus niñas pequeñas. Ya que, en una palabra, hablo de maternidad.

No pensaba en eso mientras escribía el libro. Pero ahora las preguntas están aquí, y nosotros cuatro estamos aquí. Y yo digo, no, no tengo hijos, pero en mi interior qué feliz soy: Al, Joe y Jack me dicen caramba, qué bien finges, eh. O bien dicen caramba qué mentirosa eres, eh. O bien nadan, se mueven, y cada semana, cada día, cada minuto, caramba lo que crecen.

(Seguiré presentando la novela mucho tiempo después de que pase todo; seguirán preguntándome: ¿tienes hijos? Y yo tendré que responder, y tendré que decirle a mi cerebro responde pero no pienses, responde pero no llores; no lloraré nunca, nunca, ante el mundo, ni siquiera cuando todo acabe de ocurrir; ¿estás segura de que quieres seguir presentando el libro?, me dirán. Puedo, yo siempre puedo. No tienes por qué estar peleando siempre contra ti,

Antonella, me dice quien me conoce bien. Sí que tengo que hacerlo. Yo funciono peleando. Luchando a mi favor y en mi contra).

A finales de enero, la oficina de prensa de la editorial me manda el impreso que hay que rellenar para participar en el premio Strega. Firmo un documento en el que declaro que puedo participar en la gira de presentaciones. Enseguida se me divide el cuerpo en dos: una parte dice que lo conseguiré; la otra, que, si va todo bien, si llega a salir bien, en los días de la gira del premio Strega no podré moverme de la cama. Calla, cabeza. Desde cuándo una cabeza parlante ha hablado con propiedad.

Antes de las presentaciones voy a la peluquera africana de debajo de mi casa. Me lava el pelo y me peina. Estoy ahí, con ella, y con los tres. Me parece que ella sabe. Aunque nadie sabe. Me parece que todos saben, aunque nadie sabe.

(*Después* tendré que volver donde la peluquera. Aguantaré unos meses. Más adelante, cambiaré de peluquería: ya no soy capaz de entrar en ese local).

Es un mes perfecto. De principios de enero a principios de febrero.
   Gracias por este tiempo, novela.
   Gracias por este tiempo, Al, Joe y Jack.

«¿Qué haces hoy?», le escribo a Giulia. «Me quedo en casa trabajando con los niños, ¿quieres venir? Podríamos comer juntas aquí». «Sí.

El domingo voy a Milán. Quién sabe si vuelvo con dos, uno o ninguno». «Volverás con el número adecuado, estoy segura», pausa, luego, «Coño, ya el domingo». «Pues sí», pausa mía, «Entonces, resuelvo unos asuntos del libro y luego paso por tu casa, ¿vale?». ¿La vida es eso que pasa mientras luchas contra el miedo? ¿O son todos los instantes de alegría e inconsciencia que haces tuyos para que no se apodere de ti el miedo?

Voy a la casa de Giulia. Tengo que responder a una entrevista telefónica, así que me encierro en el cuarto de sus niños. Cuánto recuerdo esa entrevista. Cuando salga, ya habrá pasado todo. Me recuerdo encerrada en ese cuarto de camitas y de juguetes. Recuerdo los tejados de Roma que se ven desde la quinta planta de la casa de Giulia, en la avenida Furio Camillo. Me recuerdo respondiendo a la entrevista, mientras todo, todo, está cubierto de esa sustancia pegajosa que no sé de qué color es, esa sustancia pegajosa que es la conciencia de que están ellos tres, y que no me abandona nunca.

Recuerdo que pedimos comida china. Que como poco, pero por lo menos algo. Recuerdo que la pareja de Giulia regresa a casa y que es muy cariñoso conmigo. Recuerdo que nos reímos, Giulia y yo, mientras comemos. Nadie habla del domingo, cuando iré al hospital de Milán. No sé si Giulia o su pareja piensan en ello. Yo, desde luego, no.

Y me da igual también que la comida china les guste o no a Al, Joe y Jack.

Fumo un cigarrillo.

El sábado doy un paseo por Roma con Carlo. El día es soleado.

Es el 30 de enero. Entramos en una iglesia del centro, por la zona de la cárcel Regina Coeli. No recuerdo cuál era. En la puerta de la iglesia hay un cartel: ACOMPAÑADLA PARA QUE NO SE TROPIECE. Carlo me hace una foto asomándome a la puerta, y a mi lado destaca el letrero: ACOMPAÑADLA PARA QUE NO SE TROPIECE. La publico en Instagram y hay comentarios burlones, ACOMPAÑADME PARA QUE NO ME TROPIECE, y ni yo misma sé qué clase de mensaje cifrado a las estrellas es este que acabo de mandar.

Es la última foto en Roma que tengo con ellos. Pero aún no es el último recuerdo hermoso que guardo.

Llegamos a Milán el domingo por la noche. La operación es el martes. El martes estaré de doce semanas + 2. Un montón de tiempo pasado con los tres. Giulia: «Estoy convencida de que a partir del miércoles la situación será un poquito más normal. Difícil, por supuesto, pero factible». «Sí, pero en este momento no hay nadie que se esté preguntando a qué coño voy a enfrentarme —(ahora estoy quejumbrosa y rencorosa, y también estoy acusando a Giulia sin atreverme a acusarla, soy hipócrita y quiero que se sienta culpable, y me hago la víctima)— como si fuese algo normal. O sea, ni siquiera sé si duele, ni cuánto. Cómo voy a estar. Cómo van a estar. Bah. Y solo porque no quiero que me tengan lástima y me hago la dura» (otra vez con lo mismo). «Si quieres que te consuele, aquí me tienes».

Unas horas después me escribe: «Mándame *link* del hotel así sé dónde imaginarte».

Ahora, releyendo este mensaje me dan ganas de llorar. Por aquello de que me quiera imaginar.

He dicho que escribir este libro ya no me influye. Que nunca me ha influido; me lo he imaginado. No es verdad (es verdad, no es verdad). Cuando lo escribo, son los únicos momentos en los que no pienso en este presente inadmisible.

En los que, incluso en la inmersión en el dolor y en los recuerdos que no quiero recordar, hay un fondo de dicha. Porque estoy escribiendo mi libro.

Después de todo lo que me ha abandonado, esto queda. Esta testarudez. No se trata de salvar. No se trata de redimir. No se trata de urgencia, ni de necesidad. Se trata de buscar la creación de algo que siga teniendo un valor para mí, de intentarlo con todas las fuerzas. Se trata, a fin de cuentas, de vivir.

Unos días antes de ir a Milán doy un paseo con una amiga. Via Urbana, via Leonina, via della Madonna dei Monti, via Tor de' Conti, plaza Corrado Ricci, via dei Fori Imperiali.

No hay nadie en la calle. Por el covid. Creo que está prohibido este paseo, pero no recuerdo bien cómo ni por qué. Mi amiga treintañera me habla de ligues, sexo, citas, fiestas clandestinas. Me pide consejos y se ríe, y tiene el pelo muy rubio, piel tersa y ojos verdes. Yo me siento mayor, y gorda con estos tres hijos dentro de mí, como si hubiese comido demasiado. Creo que ya no soy atractiva para ella, que ya no soy atractiva para nadie. Por dentro; aún no me han visto por fuera. Creo que me gustaría hablar de sexo, de ligues, de fiestas. Y en cambio solo podría hablar de jodiendas —en el sentido de grandes problemas—, solo de jodiendas infinitas, de términos médicos, de embarazos monocoriales triamnióticos, solo de pinchazos en la barriga —el Meropur, el Gonasi—, solo de parches Estraderm —me pongo uno en la barriga cada dos días desde no sé hace cuánto tiempo, me irritan, me provocan picor—, de cortisona porque soy hipotiroidea y la tiroides aumenta el riesgo de abortar, y de óvulos de Progeffik y

133

de comprimidos de Progynova, y ni siquiera me apetece un bloody mary, ni aunque fuese la hora del aperitivo. Camino y me digo, pero ¿por qué no soy como las otras madres? Que son tan felices. Y duermen las siestas de los justos. Si fuese un embarazo normal, tendría los mismos pensamientos. Porque, en el fondo, solo soy una madre de mierda; o no soy una madre.

En la plaza Venezia me dice: «¿Y tú qué me cuentas?».

Yo querría viajar al otro lado del mundo, a México a Norteamérica a Panamá a Brasil a la Tierra del Fuego a las Bahamas a Mauricio a Australia a Melbourne a Nueva Zelanda, querría bañarme en el océano, bailar reguetón en Cuba toda la noche bebiendo ron toda la noche, beber leche de coco, piña colada, respirar aire caribeño decir uau, esto nunca lo había visto.

«¡Luego lo hacemos!», dice ella emocionada.

«¡Sí!», digo.

—Oye —dicen los tres.

—Qué —digo.

—Oye —dicen.

La primera noche en Milán hay toque de queda y los restaurantes cierran a las seis. Solo se puede cenar en el hotel. Un hotel feo, el único que queda cerca de la clínica. Discuto con un camarero con la cara bronceada porque lleva la mascarilla debajo de la nariz y habla demasiado cerca de Andrea. Cuánto parlotea. Andrea por educación no lo manda a la mierda. Lo hago yo.

Estamos bastante bien.

Somos del todo inconscientes.

Hablamos de la comida espantosa —no consigo tragar nada, solo con leer los nombres de los platos se me suben los olores a la cabeza y me dan náuseas— y de Al, Joe y Jack.

Joe no acepta menos de un restaurante con estrellas. Tendrá que resignarse.

La noche es inconsciente.

Por la mañana nos despertamos temprano, inconscientes.

Vamos al hospital.

Llegamos a pie, se tarda pocos minutos, bordeando obras en las aceras. La mascarilla es obligatoria en el exterior. Somos del todo inconscientes de lo que está pasando. Nos parece una excursión.

El hospital es acogedor. Todo el mundo te trata bien. Andrea tiene que esperar en el pasillo, fuera de la sección –qué nombre tan espantoso, Patología Obstétrica (de esos que crees que nunca tendrán que ver contigo)–. Entro, me piden que rellene unos impresos, me preguntan cuál es mi grupo sanguíneo para la operación de mañana. No sé cuál es mi grupo sanguíneo. La mujer de la recepción dice: «Cómo es que no lo sabe, es fundamental en el embarazo». Pero no me he hecho todos los otros análisis que, en este momento del embarazo, se habrían hecho las otras mujeres. Eso me asusta. ¿Por qué no me hago los análisis que hacen todas las otras madres embarazadas? La racionalidad dice: porque esto es asunto de vida o muerte, de nada sirve que te hagas los análisis de tres niños que podrían morir (pero cuando llega esta voz pensante la acallo, y no se lo cuento nunca a Andrea, que evidentemente no sabe nada de lo raro que es que no nos hagan oír el latido, que no me hagan análisis, yo insistiré en que me atraviesen los pensamientos racionales como si estuviese hecha de agua, o de aire, o de nada, y en montar grandes pensamientos mágicos para que con solo desear algo realmente se cumpla; desearlo realmente, y entonces sería culpa de mi parte monstruosa si). «¿No se lo puede preguntar a alguien?». «¿Qué?». «El grupo sanguíneo». «Solo a mi madre. Pero mi madre no sabe nada, no sabe que estoy aquí, no sabe nada de todo esto y…». «De acuerdo –la mujer de la recepción sonríe, y me parece que lo comprende todo–, ahora le haremos una toma de sangre rápida».

Gracias.

Paso a la sala de espera. Cuando llegue mi turno podré avisar a Andrea para que entre conmigo en la consulta de las médicas que conocí hace un mes. Andrea fuera no se aparta del móvil porque no está en el plató, pero tiene que hacer como si estuviese. Yo chateo sobre la novela con la editorial como si no estuviese ahí en el límite entre la vida y la muerte, sino metida en casa, luego chateo con amigos que no saben, inventando dónde estoy y por qué, y luego chateo con Andrea.

La consulta de la médica es muy grande. Muy oscura para ver mejor la ecografía. Son muy amables. Andrea está ¿asustado? No sé cuál es el adjetivo.

(Hoy, 5 de enero de 2022, estoy pensando: dado que es un momento muy difícil de contar, en vez de estar dos horas mirando la pared, la ventana, Instagram, Facebook, Twitter, de leer noticias inútiles, de fumar otro cigarrillo —un Iqos y un cigarrillo de tabaco, para ser exactos—, de oler a humo que me da dolor de cabeza, de alejar el cenicero pensando que así alejo el olor, de pensar qué hay de comer, quiero comer y punto, de levantarme, buscar, no hay nada de comer y además tengo una jaqueca atroz, así que tengo náuseas, no las náuseas que tendría que tener; en vez de buscar a alguien con quien chatear, en vez de mirar fotos felices y/o tristes —todas menos las que me sirven para este libro—, en vez de cambiar de postura, sofá con piernas cruzadas y ordenador sobre las piernas o bien sentada a la mesa con el ordenador sobre la mesa, en vez de pensar soy demasiado miope ya no veo nada, en vez de pensar de todos modos yo las gafas no me las pongo y nunca me las pondré, en vez de buscar una banda sonora apropiada para escribir este libro —no consigo escribir este libro en silencio, pero por ahora la única banda sonora que me vale es la de *Lost* porque me tranquiliza, pero ya estoy harta de escucharla—; ¿en vez de todo eso no podrías tratar de protegerte con la escritura? ¿Escribir esta parte en verso? ¿Escribir solo frases breves, sin adjetivos? ¿O bien prescindir de lo que queda e ir directamente a lo que pasa después? ¿Atreverte y escribir sin vocales? Imagínate qué innovación estilística sería escribir sin vocales. O, bah, no sé, ¿escribir solo diálogos? Sin descripciones. Intentémoslo. Pero primero deletrea bien «agg». De acuerdo).

A, g, g.

No, espera un momento (cobarde).

Ayer, 4 de junio de 2022, vi *Madre!* de Darren Aronofsky. Forma parte de mi terapia de choque, desde el mismo título. No es precisamente el título de una película que quiero ver. Andrea ya ni siquiera me pregunta: ¿puedes?, porque un millón de veces le he dicho que puedo perfectamente (del todo falso). Que a mí no me afecta nada (por lo demás, han pasado meses, tienes que superar ya esto, me diría él si le dijera que no puedo. Y no quiero que me lo diga. Porque, si lo hace, siendo el único testigo que ha presenciado el crimen, tendría que matarlo. Y no porque haya sido testigo de *este* crimen —que él también ha cometido—, sino porque si me detuviese a analizar el auténtico sentido de la frase «Tienes que superar ya esto», tendría que coger un cuchillo y rajarle el cuello. Pero eso no me interesa. Soy demasiado mayor. ¿Con quién iba a poder intentar de nuevo tener un hijo?). Viendo esta película —que he propuesto yo—, no dejo un solo instante de moverme en el sofá, y esta vez no porque me dé miedo el horror (*también* me da miedo el horror), sino porque estoy esperando el instante en que el corazón se hace trizas. Ocurre enseguida, en realidad, pues si la película se titula *Madre...*, ¿de qué otra cosa va a hablar?

Pero la tengo que ver. Tengo que demostrarme que lo puedo hacer.

Trabaja una Jennifer Lawrence de tetas inmensas, jovencísima en cada poro, locamente enamorada de un poeta en crisis mayor que ella, Javier Bardem. A las mujeres jóvenes yo ya no las veo como mujeres jóvenes. Me parece que están a punto de ponerse a parir. Que son un concentrado de hormonas, una fruta como los higos cuando están a punto de estallar y gotean una sustancia blanca que parece leche, que son un concentrado repleto de hormonas listo para hacer un millón de hijos con solo rozarlo; no como yo, que.

No quiero contar la película.

Perdonad si os revelo cosas, pero tengo que hacerlo. En un momento dado, Bardem consigue por fin volver a escribir. Me he sentido él todo el rato. La desesperación de cuando no consigues escribir. El miedo. Y, siempre, ella me ha dado un poco de lástima: al final, no tiene nada en la vida, no quiere nada más que un hijo (me decía: yo no soy así, yo nunca he sido así).

Luego, cuando se queda embarazada, ya no pude con ella. La odié. La odié la mañana siguiente al sexo —el sexo fantástico con él, ese sexo que ya no recuerdo cómo se hace, cuando no piensas qué día de la ovulación es (y después: piernas en alto para que entren mejor los espermatozoides, no te levantes enseguida para que no se caigan, chorradas que siempre he sabido que son chorradas; y sin embargo las hice, vaya si las hice; y ya no las hago)—, la odié la mañana en que se despierta y le dice al marido: «Estoy embarazada». Joder qué cara de santa. De mujer que lo ha comprendido todo. Que, al día siguiente de haber follado por primera vez con el marido, está embarazada. Y lo sabe. Odié la sonrisa que le pone él cuando ella se lo cuenta. La envidié como si fuese una historia de verdad, una persona de verdad. Esa gilipollas.

140

Luego en la película hay tramo intermedio que no quiero contar. En cualquier caso, ese niño que tiene que llegar lleva la fecundidad también al trabajo. Y luego sale el libro de Bardem y es un gran triunfo. La prensa lo aclama. Los seguidores lo aclaman. Él, que estaba muerto, vuelve a estar vivo. Y ella no quiere que salga al mundo a gozar de los frutos de aquello por lo que tanto ha luchado. Le dice: quédate conmigo, quedémonos juntos.

«¡No me toques las narices!», dije al televisor. «¡Cuánto me toca las narices esta tía!», le dije a Andrea.

Pero después hay una escena en la que, fuera de la casa, están uno frente al otro.

Ella está a punto de parir, tiene una barriga gigantesca, a él lo llaman a gritos sus seguidores. (¿Hasta qué punto puede ser él feliz por haber hecho, por fin, un buen trabajo? La felicidad total).

Y me desconcerté. Dije: joder. Pero yo soy él *y* soy ella. Soy Bardem y su ambición. Soy Jennifer Lawrence y su pensamiento único de ese hijo.

Ella, joven, rubia, frente a él, mayor, moreno, alto. Me pareció que me veía desdoblada. Mis lados opuestos que se enfrentaban. Que se quieren matar mutuamente.

Me sentí idiota siendo una mujer.

Y después pensé: pero ¿Andrea me ve como a esa de ahí?

La doctora de la clínica de Y. y yo hablamos poco. Pero es ella la que me receta los medicamentos de la reproducción asistida que debo tomar hasta el tercer mes.

El tercer mes se cumple el 31 de enero. La duodécima semana. Si hubiese sido otro embarazo, ahora habría estado bien. La mayoría de los abortos se producen en las primeras doce semanas. El 29 le escribí un mensaje a la médica de la clínica de Y. Le resumí mi tratamiento y le pregunté cómo debía continuar.

Escribió una hoja con la receta y me mandó la foto por Whatsapp. Y yo tengo que buscarlo todo, ¿no?

He aquí exactamente cómo es, en negrita, sin negrita, hasta con puntitos.

Señora Lattanzi valorar con su ginecólogo cuándo suspender ácido fólico y aspirina

12 sem.:

• Stop estraderm

• 2 progynova mañ. + 2 progynova noche

- ½ cpr deltacortene
- Un progeffik 200 mg por la mañana, uno por la tarde, uno por la noche (vía vaginal)

13 sem.:
- 1 progynova mañana + 2 noche
- Stop deltacortene
- Un Progeffik por la mañana y uno por la noche

14 sem.:
- 2 progynova noche
- Un progeffik por la noche

15 sem.:
- 1 progynova noche
- Stop progeffik

16 sem.: final del tratamiento

Le di las gracias muy contenta y dije vale, como si no fuese a operarme el 2 de febrero: cuatro días después de ese mensaje. Como si, vale: ahora vamos reduciendo la medicación y luego acabamos con este extraño embarazo. A partir de ahora, será un embarazo normal.

He mirado en el iPhone el calendario del año pasado para recordar bien los días. Ahí está, el 31 de enero de 2021, el billete de tren. Viaje Roma Termini-Milano Centrale, Frecciarossa 9548, vag. 7, asientos 5B, 9B (Andrea siempre prefiere que no compartamos asiento, para que no le toque los huevos porque quiero charlar), PNR M2Z7AN.

No lo había vuelto a mirar. Cuánto te odio, Toni de hace un año.

Así, el 31, cuando llego a Milán, acabo de empezar a reducir los medicamentos de la reproducción asistida. Ya no me pongo en la barriga los parches que producen picor. Cuánto los echaré de menos. Nunca terminaré el plan que me dio la médica de la clínica de Y.

Regreso a la habitación grande, oscura (perdonad, respiro hondo, no me atrevo).

Me echo en la camilla, con las piernas abiertas. A mi lado está el ecógrafo controlado por las médicas. Enfrente de mí, en la pared, la ecografía se ve en la pantalla. ¿Dónde está Andrea?

No lo recuerdo. Si me esfuerzo, lo encuentro aquí, a mi derecha. Pero no lo recuerdo. La médica que me hace la ecografía me acaricia la pierna doblada sobre la camilla. Un instante. Tengo ganas de llorar. No lloro. Ya he llorado. Ya basta de llorar.

Me pasa la sonda del ecógrafo por la barriga. Los veo. En la pantalla aparecen tres niños en la duodécima semana + 4. Se mueven mucho. La médica señala: «Este es el primero, este es el segundo, este es el tercero». Sonríe. «Estas son las manos, estos son los pies, esta es la cabeza».

«¿Cómo están?».

Los tres bien, los tres perfectamente. Quién iba a decir que no íbamos a perder ni siquiera uno por el camino. Hay huesos rotos dentro de mí. Han hecho y hacen, con mucha frecuencia, ruido. El lado izquierdo quiere que los tres estén bien, y lanza un suspiro de alivio cada vez que este milagro ocurre (todo el mundo había dicho que la posibilidad de que los tres llegasen hasta aquí era bajísima, mucho más baja que el agua siempre baja de las playas de Sabaudia). El lado derecho quiere que uno, o dos, se *reabsorban* solos —joder, tienes que ser sincera—, de manera que mi embarazo pueda ser de gemelos, difícil pero más manejable, o un embarazo único. Un embarazo normal.

(Siempre tienes que exagerar, todo o nada, me ha dicho mil veces Andrea, me ha dicho mil veces Giulia; es verdad, soy terca, exagerada, siempre lo quiero todo, y más, pero esta vez habría querido algo que no he tenido nunca en mi vida: poder unir a la palabra «yo» la palabra «normal». A mis amigos les divierte que sea rara. Estás loca, me dicen siempre. No eres normal, me dicen siempre. Yo finjo que me divierto, y de niña me gustaba no ser normal. Ahora ya no me gusta. ¿Como aquella mujer de mi edad con pendientes a juego con el collar y muy bien peinada y la ropa perfectamente conjuntada y un bolso estupendo? Así quiero ser yo).

Los tres están bien y yo soy el diablo y el ángel, y estoy encantada y estoy muy cabreada. ¿Por qué estáis poniendo en peligro la vida de vuestros hermanos? ¿Por qué uno o dos de vosotros no habéis desaparecido solos? No son pensamientos de madre. No son pensamientos que salen a la luz. Yo quiero que vivan todos, y que estén bien. Pero aquí tengo que ser sincera, así que.

Se mueven, la ginecóloga me aprieta la barriga para que se desplacen, ahora veo a Andrea a mi izquierda, me acuerdo de Andrea, y de mí diciéndole míralos, y él los mira, y la médica como si fuese un embarazo cualquiera dice miradlos. Y luego, mientras en silencio toma las medidas y habla con sus colegas dice, en un tono bajo como si dijese hoy, mañana, de pasada: «Son niñas».

Yo siempre he creído que eran niños. Estaba convencida. Pero resulta que son niñas. Nunca llegué a saber de qué sexo eran los niños que no tuve. No lo pregunté. Nunca me lo dijeron. Son niñas. Y ahora que sé de qué sexo son, están innegablemente aquí. No son fetos, no son perfiles grabados en una ecografía, no son Al, Joe y Jack. Son mis tres hijas. Pienso: estará contenta mi madre de que sean tres niñas. También mi hermana. A ellas siempre les han gustado las niñas. Tres niñas idénticas que –he visto en el grupo de embarazos monocoriales biamnióticos en el que estoy apuntada– ni siquiera las madres al principio saben distinguir («¿Qué hago, madres, les pongo pulseras de distinto color en las muñecas?», y se ríen en los post). Tres niñas. Mis tres hijas.

Tres hijas con los mismos ojos, las mismas orejas, el mismo color de pelo, las mismas manos, los mismos pies, la misma cara, la misma altura. Tres niñas que resultan algo inquietantes de ver, idénticas, como si fuesen robots, tres niñas que dirán: papá, papá, papá.

Ellas son mis tres hijas. Son verdaderas. Viven. Y yo soy la madre.

La habitación estalla en mil confetis de esta alegría inconmensurable que no tiene ningún sentido que esté aquí. Odio el mundo, porque no querría que yo fuese feliz. Porque no tiene sentido ser feliz. Y, en cambio, soy feliz y Andrea es feliz y son tres niñas y son nuestras y vamos a tener tres niñas. Ya es seguro.

Fugazmente, vemos un rostro. Un instante de ecografía morfológica –el examen en el que se fotografía a los niños tal como son, una fotografía auténtica–, durante un instante vemos el rostro de una de ellas, la nariz, los ojos, la boca, la vemos amarilla en la fotografía. Y luego desaparece. La médica no nos dice: esta es la ecografía morfológica. Yo lo sé porque soy mujer y he visto las ecografías morfológicas de mis amigas. Es el momento en que las amigas te dicen: mira qué naricita tiene. ¿A quién se parece?

147

Durante un instante, esa foto se me grabó aquí, en la mente. Nunca la tuve. Nunca me la dieron. Después le diré a Andrea: ¿has visto esa foto amarilla? Como pasar del cine en blanco y negro al cine en color. Del mudo al sonoro.

¿Tú quién eras? Mi única hija a la que pude ver. ¿Quién eras? ¿Quién ibas a ser?

«No soy capaz de escribir», le digo, hoy, a Andrea. Es 27 de enero. Para recuperar la valentía de escribir esta parte del libro, he tardado casi un mes. No quiero escribir. «¿Por qué no escribes tú?».

«¿Yo?», dice él.

«Tú conoces la historia».

«¿Qué hacemos? —se ríe—, ¿una novela a cuatro manos?».

Yo pienso: dos, cuatro, seis, ocho, diez (no sé calcularlo, le dije: tengo que contar) manos. Una novela a diez manos.

Veo un instante a mi hija

La boca, la nariz, la frente, los ojos, la barbilla. Todo amarillo y un poco raro, como siempre en una ecografía morfológica. Una niña extraterrestre. La veo un instante. A una de ellas. ¿A cuál de vosotras tres?

«Las tres están perfectamente».

Es la primera vez que alguien usa el femenino para ellas.

Y los corazones. Esta vez estallan en toda la habitación, estos tres corazones. Laten rapidísimo. Un ruido que te enloquece. Un ruido que crea dependencia, querrías oírlo siempre.

Los ves bombear pequeñitos, azules y rojos, en el ecógrafo. Estar vivos. Ves las líneas que suben y bajan como el estado de ánimo de mi madre cuando éramos niñas, como mis estados de ánimo desde que los recuerdo. Pero, esta vez, este sube y baja no es la *extrañeza*, es la vida.

El corazón, la mano, la cara, mira, sí, miro, mirad, las tres están perfectamente.

Y en vez de ser feliz, de alguna manera tenemos que disgustarnos también ahora. Me he olvidado, durante un instante, de que estamos aquí para *reducir* a una de ellas. Que hemos venido a Milán cinco, pero que con seguridad no regresaremos cinco. De alguna manera tenemos que volver a disgustarnos. Hemos esperado hasta la duodécima semana + 4 para la operación porque es el límite último para abortar uno. En este mes —los médicos me habían explicado con eufemismos— teníamos que esperar que uno o dos *no lo consiguieran* solos. Y, si uno de los tres, en este análisis tan avanzado, tenía algún problema, sería imprescindible decidir: *reducimos* a este, o *a estos dos*. Porque, al fin y al cabo, no lo conseguirán.

Pero tenemos tres niñas preciosas, robustas, sanas. Las tenemos con nosotros. Están aquí: están las tres tan bien que la ginecóloga me pregunta si por casualidad no he hecho la ovodonación —esto es, si los óvulos no son míos, sino de una mujer más joven—, pues, por las características que tienen, parecen proceder de óvulos más jóvenes.

«Antonella, ¿estás segura de que los óvulos son tuyos? Es importante para la operación. Porque, verás, a veces, por vergüenza, algunas mujeres…».

Sí. Son míos. Los óvulos. Y las hijas.

Los valores están bien. Todo está bien. Mañana, cuando salgamos de este hospital tras la operación, al menos una de las tres ya no vivirá. Al menos, yo no debo decidir cuál. Adiós, me gustaría decir a una de estas niñas. Pero no soy capaz. No puedo. No quiero. Ni siquiera ahora, mientras escribo, quiero hacerlo. No pienso: adiós. Pienso: hasta mañana. Y luego me río: pero nada de hasta mañana. Vosotras tres, al salir de esta habitación, de este hospital, haga lo que haga, estáis siempre conmigo.

Serán tres niñas, pensé antes, convencida.

Y también ahora lo pienso, mientras salimos de ahí. Andrea y yo jugamos a los números, pero los números no valen nada. Uno, dos, tres: las matemáticas se hacen trizas en nuestras mentes de locos. No entendemos qué hemos venido a hacer aquí. No entendemos qué haremos mañana.

Vamos a tomar un café, a desayunar, rebosantes de alegría. Pero ¿cómo podemos estar tan locos? Le escribo a Giulia: «¡Son niñas, están perfectamente!». Escribo en el grupo que tengo con Bianca y Ada: «¡Son niñas, están perfectamente!».

«¡Niñas, caramba, son niñas!», responden ellas. Y corazones y emoticonos y vivas y qué dulces y qué bonitas, en los chats.

Le escribo al doctor S.: «Buenos días, doctor. Acabamos de salir del hospital. Son niñas…». Y luego, otra línea: «Las tres están bien». Y luego, otra línea: «Mañana nos intervienen». Y luego, otra línea: «Ahora le fotografío el informe y se lo mando». Siempre lo hemos hecho así. Cuando me hago análisis en otro sitio, los fotografío y se los mando. Él me llama enseguida, con su voz paternal. Me anima, todo irá bien, y yo le digo: «Ahora le mando los informes». Y él: «No hace falta, mañana hablamos». Me choca un poco. ¿Por qué no quiere ver a mis tres niñas?

Cuando salimos de la habitación de la ecografía, las médicas nos repiten todos los riesgos (esta es la primera vez que Andrea las escucha en persona): los riesgos si elegimos tener tres (hace tiempo, cuando era muy joven, mi mejor amiga, mi novia, la mía, murió. Alguien ese día me dijo: «Encomiéndala a Dios». Las médicas no lo dicen, ellas no. Pero, si eligiese tener a las tres, lo único que podría hacer sería encomendarme a Dios. Sin embargo, yo no soy capaz de encomendarme a nadie). Los riesgos de la operación: un cuarenta por ciento de riesgo. Los riesgos si la operación sale bien y sobreviven dos. Riesgos infinitos, en todo momento, hasta el nacimiento y también después.

Atendemos, pero estamos locos y no comprendemos.

«¿Estáis preparados?».

«Estamos preparados».

«Entonces, hasta mañana. Ahora, procurad distraeros».

No le damos tiempo a que nos lo diga dos veces. Además, de lo que pasa en realidad no estamos comprendiendo un carajo.

El 1 de febrero de 2021. A las 14.48. Un par de horas después del día que acabo de narrar.

En el chat con Bianca y Ada, Bianca empieza un mensaje así: «Deseo presentar como candidato al premio Strega *Questo giorno che incombe*, de Antonella Lattanzi».

Sé que creerlo es imposible, pero justo el día en que descubro que mis criaturas son mujeres, el Strega anuncia los primeros candidatos al premio. En la primera selección figuro yo.

Me inunda una avalancha de mensajes felices, amigos, colegas, editores. Se llenan las páginas de las primeras candidaturas. Yo estoy paseando por Milán, inmediatamente después de la revisión, y no puedo explicar que estoy encantada de haber visto a esas niñas, eufórica, y encantada de este anuncio. Llamo a mi madre y le digo: «¿Has visto, mamá? ¡Estamos en el Strega!». Le digo que el camino es largo, que la candidatura es solo un primer paso. Le digo que tenga los pies en la tierra (*La historia interminable*: «Bastian, ya es hora de que bajes de las nubes y de que aprendas a tener los pies en la tierra». Pero ¡yo no quiero tener los pies en la tierra!). Paseo por la via Dante, es gigantesca, la plaza Castello está delante de mí, casi todos los museos están cerrados por el covid, pero nosotros damos una vuelta por los jardines del castillo, paseamos por esta ciudad grande, que empiezo a amar, y estoy en el séptimo cielo.

A mi madre no le digo nada de mis niñas. A la editorial no le digo nada. Respondo a los correos, a las llamadas de teléfono, a los mensajes. Estamos emocionadísimos. Yo digo: es una señal. Todo es una señal.

Cuando quieres que sea una señal, todo lo es.

Ese día nos lo pasamos bien. Damos vueltas por Milán sin detenernos. En ningún momento pensamos en lo que ocurrirá mañana.

Como un risotto a la milanesa y Andrea un osobuco, que es uno de sus platos preferidos. Somos los primeros visitantes de un pequeño museo que ha reabierto tras las restricciones del covid.

Volvemos al hotel de noche.

Tomamos un aperitivo. Yo bebo una copa de prosecco (incluso dos).

Estamos completamente locos.

«¿Cómo las llamamos?», digo yo.

Supongo que él va a decirme pero es pronto, qué dices, mañana nos espera… Y en cambio.

«Uno lo eliges tú, otro yo. Total, tenemos dos. ¿Vale?» (dos, decimos, como si no estuviese pasando nada; pero no comprendemos lo que decimos).

«Vale».

Yo: «Yo quiero llamarla Annalena coma Angela», el segundo nombre, como el de mi madre.

Él: «Yo, Bianca coma Cristina». El segundo nombre, como el de su madre.

Yo digo: «Hecho».

Él dice: «Hecho».

Brindamos por nuestras dos niñas. Por Annalena y Bianca.

«Pero hay un problema», digo, seria.

¿*Otro* problema? «¿Cuál?», dice él poniéndose en guardia.

«¿Sabes cómo se pronuncia en Bari Annalena? Recalcando la *e*», y recalco la vocal y exagero la cadencia.

«Annaléna», dice él, y ríe, imitando mal mi acento, «y qué pasa por eso».

Sin pensar siquiera que, al día siguiente, al menos una de ellas tres con seguridad ya no estará.

Al día siguiente tenemos miedo.

Saco los partes médicos con las ecografías y le digo a Andrea: «Míralas. Es la última vez que verás a una de ellas».

Él dice: «Para».

Caminamos pegados a una calle en obras, hacia el hospital. En silencio.

Como ayer, a la sala de espera solo puedo entrar yo. Me hacen rellenar un cuestionario en el que me informan de todo lo que puede ocurrir.

Andrea me escribe continuamente: «¿Qué haces? ¿Esperas?». «Espero». A mi alrededor, mujeres embarazadas, con barriga. Soy una de ellas, y estoy muy orgullosa de mí. Por primera vez, no os envidio.

Quiero distraerme y miro Facebook. Incluso escribo un post tonto, algo sobre esmaltes y uñas (cuánto odio esos post, cuánto me odio en ese momento, cuánto odio ese post mil veces borrado; me parece un insulto ese post; me parece un acto de arrogancia). Anoche soñé de nuevo que mi embarazo destruía mi trabajo. Me desperté con una sensación de negrura absoluta. Y tú, me digo, ¿acaso sabes qué sueñan las otras mujeres embarazadas?

Me llaman. Me piden que me desnude. «Estoy entrando», le escribo a Andrea. No puede asistir a la operación, pero en cuanto acabemos lo llamarán y estará conmigo.

Eres mujer y tienes que hacerlo siempre todo sola. El cuerpo en cuyo interior están las niñas es el tuyo. Resígnate.

Me echo en una camilla con un camisón hospitalario. No está prevista anestesia total, pero sí un calmante. ¿Cuánto Xanax puedo tomar? Yo ya lo tomo por mi cuenta, en los momentos difíciles, y nunca me hace nada. Quiero todo el Xanax que hay. Me lo dan. Unas practicantes asisten a la operación. Son jóvenes y hablan y ríen y una de ellas tiene el pelo rizado muy rubio y una de ellas está embarazada y yo las odio.

Espero un siglo en esa camilla. El Xanax no me hace ningún efecto. Me operará un médico que no he visto nunca, pero la médica que conocí aquí hace un mes está en todo momento conmigo. Trata de hacerme reír. De distraerme.

Me llevan a una habitación. No es un quirófano. Es una operación a vida o muerte, pero es una operación ambulatoria. Después tendré que permanecer ahí un par de horas en observación. Para saber cómo reaccionan las niñas —los fetos— a la reducción. Luego podré irme al hotel. Tendré que esperar a que pase la noche. A la mañana siguiente, averiguaré cómo están. Si están bien, podré regresar a Roma. La muerte de los otros dos se produce usualmente en las siguientes setenta y dos horas, me han dicho. Luego comienza lo que queda —dificilísimo, pero menos difícil— de este embarazo.

Pero son palabras.

Luce el sol en Milán. Antes de entrar vemos muchas mujeres embarazadas y muchas parejas con niños recién nacidos en cochecitos entrando y saliendo del hospital. Muchos son gemelos. Yo los miro hipnotizada. Los miro y pienso: cuándo me tocará a mí. No veo la hora.

A Andrea no se lo digo. Pero él me sonríe, mira los cochecitos y dice: «Cuántas clases diferentes de cochecitos para gemelos hay. Tendremos que ver cuál es el mejor para comprarlo».

Hace mucho sol. ¿Me crees, tú que me estás leyendo, que lo recuerdo como un momento deslumbrante? Una especie de increíble «nosotros».

Ahora me llevan a la habitación donde me operarán.

El test del covid es igual al test de embarazo.

Del 18 al 23 de enero de 2022 voy a España por trabajo. Estamos en plena variante ómicron.

Para entrar en España no vale el test rápido. Para regresar a Italia sí. Si en el momento de regresar eres positivo, tienes que permanecer en cuarentena en España.

Tengo motivos para temer que este test será positivo. Estoy con una buena amiga, que ha venido para que pasemos unos días juntas. Hemos pasado días muy hermosos. La enfermera que nos hará el test llega a nuestro hotel la noche previa a nuestro regreso a Roma. Coge los test. Los pone en la mesilla. Como en un test de embarazo, tiene que salir una raya roja para señalar que el test es correcto. Si sale la segunda, eres positivo.

Esperamos muy nerviosas. Primera línea. Todo bien. Yo, que me he hecho un millón de test de embarazo, sé que, cuando es positivo, la segunda raya aparece enseguida. Pasan los segundos, y la segunda raya no sale. Ya sé que es negativo.

Le digo a mi amiga: «Ya no va a salir. Es como un test de embarazo».

Se me escapa esa frase, cuando de este tema nunca quiero hablar. Si no lo nombras, no existe. No sé qué efecto tiene sobre ella la frase. Pero no reacciona, no entiende. Sé que lo hace por mí.

Miramos los test.

A saber por dónde anda mi mente. A saber qué dice mi cuerpo. Desde hace un montón de meses, ya desde hace años, me hago test continuamente. Ruego que algunos sean positivos –los de embarazo– y otros –los del covid– espero que sean negativos. He llegado a pensar que, si esperas que sea positivo, se vuelve con seguridad negativo, y viceversa. En esos segundos no espero nada. Así la suerte no me oye. El test es negativo. La segunda raya no sale.

No estoy embarazada.

Ah, no, no tengo covid.

Entonces me alegro, abrazo, estoy encantada de no tener covid y de no quedarme en cuarentena, sola, en un hotel en España mientras la mente –que es mucho más elemental– me dice: ¿te vas a decidir? ¿Qué debo esperar? ¿Positivo o negativo?

Es el 27 de enero de 2022. Todavía. Ahora no quiero explicar por qué, pero los últimos meses fueron de nuevo muy duros en esta historia. No quiero explicar por qué, y no lo explicaré –esto no es un diario–, pero el coronavirus se nos volvió a cruzar, yo tenía que esquivarlo y pasaba la Navidad y todas las fiestas encerrada en casa, mientras caía otra vez en un torbellino de clínicas de fecundación, terapias, pinchazos y frustraciones. («No puedes hacer ningún viaje, podrías coger el covid, tienes que concentrarte en esto», me decía severa Giulia en Navidad. Y yo: «Pero ¿si me concentro solo en esto y después sale mal?». Y, en efecto). El 31 de diciembre, tras un enésimo intento que salió mal, el ginecólogo me manda una inyección de un medicamento que se llama Gonasi. Hace que revienten los folículos. Haced el amor el 1, 2 y 3 de enero, nos prescribe. Nosotros, en esos días, discutimos. Imagínate un día en el que discutes cada minuto con tu pareja, y lo odias, y él discute cada minuto contigo, y te odia, y después llega el momento en que tienes que follar, hacer el amor: como lo quieras llamar. *Tienes*. Imagínate qué bonito.

Sin embargo, lo hacemos. Qué remedio nos queda. Ya estamos hechos a eso.

Mejor dicho. Lo hacemos dos días de los tres. El tercero, ya no podemos más. Yo me voy al dormitorio. Él se acuesta en el sofá. Como siempre. Así, o al revés.

El 9 de enero me hago un test Clearblue. No salen ni las líneas. Se lee, en letras grandes: EMBARAZADA/NO EMBARAZADA.

Yo, que he aprendido, prefiero no esperar nada. Hago otras cosas, respondo a los correos, recojo la casa (yo, que nunca recojo la casa). Luego aparece: EMBARAZADA.

Sigo creyendo en ese milagro del que me han hablado amigos, conocidos, en los foros de internet: «Cuando menos te lo esperas, ocurre con naturalidad». Esto no es precisamente natural. Hay una estimulación ovárica y una inyección de Gonasi, que contiene gonadotropina coriónica, esto es, la hormona del embarazo, que sirve para que se produzca la ovulación en el momento debido. Yo ignoro que el Gonasi contiene la hormona del embarazo. Le escribo a Giulia: «Sé que es muy pronto, pero», y en un post le mando la foto del test con la palabra EMBARAZADA.

Ella me llama, «¿Estás loca?», me dice. «Casi me da un infarto». Yo digo date prisa, no quiero contárselo a Andrea, está a punto de llegar a casa, primero quiero saber si es un falso positivo. Ella me dice: «Nunca he oído hablar de falsos positivos. Sí de falsos negativos». Nos ponemos a buscar en todas las páginas web del mundo cuándo puede salir un falso positivo. Andrea puede llegar en cualquier momento. Yo me digo: el milagro se ha producido. Estoy realmente segura: el milagro se ha producido. Me siento en el sofá. El sol entra por la ventana, en el salón. Pienso, aquí estás. Basta de torturas. Basta. Estás aquí, en un mundo *normal*. De nuevo me siento omnipotente.

Luego mi amiga me manda una captura de pantalla: por norma, no hay falsos positivos. Algunos de los contados que hay se producen cuando se sigue una terapia hormonal con gonadotropina coriónica. La que estoy haciendo yo. Pero no tiene por qué ser un falso positivo. He hecho una estimulación ovárica y me han puesto una inyección para que revienten los folículos y he seguido las prescripciones médicas sobre cuándo debía hacer el amor. Finjo creérmelo, es demasiado pronto, la ovulación tendría que hacer sido hace una semana y es demasiado pronto para que un test ponga en evidencia un embarazo. Pero no es imposible. Ella me dice: «Anda, espera unos diez días y entonces vuelve a hacerlo». «Pero no saldrá», digo yo. «Ah, puede que lamentablemente no», dice ella. Finjo creérmelo: ah, vale, ha salido mal.

No le digo nada a Andrea: «¿Qué te pasa?», me dice cuando vuelve a casa.

Y yo puedo decirle. «Nada».

«Tienes una cara rara».

«No, no, nada».

Finjo creérmelo, con mi amiga y con una médica del nuevo centro al que he acudido y a la que he pedido consejo y que me ha dicho que me vuelva a hacer el test dentro de quince días. Sí, sí, claro. Encantada.

A partir del día siguiente, me hago un test cada día. Gasto cientos de euros. La gonadotropina coriónica del Gonasi sigue en circulación un mínimo de diez días y un máximo de aproximadamente quince. Me puse la inyección el 31. Tengo por delante un montón de días (que compruebo sin parar en el calendario para saber con exactitud cuántos quedan y pensando que, si me fijo, consigo que pasen más rápido) para saber si ese positivo es cierto o está determinado por la inyección. Me digo que tengo que trabajar, y trabajo, no dejo de trabajar, y finjo que estoy concentrada en mis cosas, y sin embargo.

Enloquezco.

Vuelvo a leer cualquier foro, esta vez sobre Gonasi y los falsos positivos.

Siempre he sido obsesiva-compulsiva.

Le prometo a mi amiga que no me haré más test durante al menos diez días.

En cambio. Me pongo a andar y voy hasta farmacias que quedan lejos de mi casa, para que no me reconozcan. Pateo kilómetros. Compro un test aquí, otro allá, porque me da vergüenza pedir tres, cuatro test en la misma farmacia. Pateo kilómetros con ansiedad. Me hago un test al día. Por la mañana, recién levantada. Resisto la tentación de hacerme dos o tres al día: soy un hacha. Escondo los test para que no los encuentre Andrea. Los envuelvo en papel higiénico y los meto al fondo de la papelera. O bien los guardo en el bolso y cuando salgo de casa los tiro. Tiro todos esos test en los que se lee: Embarazada. Embarazada. Embarazada. Embarazada. Embarazada. Embarazada. Embarazada. Embarazada. Embarazada. Nueve veces, durante nueve días, el test me arroja a la cara la palabra EMBARAZADA, sin sombra de duda. ¿Os podéis imaginar esos nueve días? Mientras se acerca cada vez más el plazo del Gonasi, el momento en que ya está fuera del cuerpo. Los días duran siglos, pero yo sigo estando EMBARAZADA. Una noche que estoy en una reunión de trabajo, en la que tengo que ser interesante y brillante e inteligente, noto las bragas mojadas.

Voy al baño y están rojas.

Tengo la regla.

Y no estoy embarazada.

Ni con los milagros de cuando menos te lo esperas.

Ahí, en esos nueve días obsesivo-compulsivos, en esos días en los que dejé que se apoderase de mí la obsesión compulsiva, en los que le dejé todo el campo libre, toqué el punto más bajo de mi humillación.

No le cuento a nadie lo de los mil test de embarazo. A quién podría contárselo sin que me dijera: «Estás loca». A nadie se lo cuento. Creo que perdí la cabeza en esos nueve días.

Sin embargo, cuando al día siguiente voy a España y poco después mi querida amiga llega a Madrid, consigo pasar unos días relajados con ella. Estoy en Madrid. Estamos juntas. Si hubiese estado en Roma, me habría torturado a mí misma y también a Andrea (sin decirle el motivo). Y lo habría odiado porque él se habría sentido torturado. Mientras que yo, como no le dije nada, como no le hice tener esperanzas como las tuve yo durante nueve días, como no le mostré la palabra EMBARAZADA, lo protegí.

Nunca se enterará de los test. Nunca se enterará de mi locura, de esta desesperación.

Pero las personas nunca se enteran de lo que haces por ellas. Y tú nunca sabes lo que hacen por ti.

En aquellos días con mi amiga, en Madrid, ya no pienso en nada, solo sé que estamos aquí, juntas.

Vuelvo a Roma, al horror.

Mis padres, cuando estaba embarazada y por lo que pasó después, no me vieron durante muchos meses. Encontré mil excusas para no ir a visitarlos a Bari.

Pensarían que soy una mala hija (y en realidad, por otros motivos lo soy). No saben que lo hice por mí, porque no era capaz de fingir, pero también por ellos.

Me pasa eso muchas veces, que no cuento muchas cosas sobre mí para que los demás no sepan lo que hago por ellos.

Quién sabe cuánto no sé de todo lo que hacen los demás por mí.

Por eso es por lo que durante veinte días no pude seguir escribiendo este libro. Porque tenía que afrontar un momento muy difícil de explicar −y era real, del pasado, pero real−, mientras que la realidad de hoy, y hoy, y hoy me exige no poder salir nunca de ahí. Cuando era niña, como todos, jugaba al *hula hoop*. Mueves la cadera y el aro gira y gira alrededor de tu cuerpo, y no sales del aro.

No quiero ser definida por estas cosas: por el embarazo en el pasado, por la angustia del embarazo en el presente. Por este *hula hoop* que da vueltas y más vueltas con el nombre «embarazo» y acaba con el nombre «embarazo».

Yo no soy esa.

Estoy preparada. Ahora regreso a ese 2 de febrero de 2021.

Estoy tumbada en la camilla, en la habitación que sirve de quirófano. Me explican cómo será la operación. Ya me lo habían explicado, pero ahora me lo explican de nuevo.

Las practicantes están a mi alrededor, en silencio. Entra el médico que va a operarme, amable, pero no lo conozco. Es una cosa estúpida, pero ahora querría que hubiera solo mujeres conmigo, y solo mujeres a las que conozco. La médica que ha seguido todo el proceso milanés conmigo está aquí. Me sonríe. Me estrecha la mano, ánimo. Se sienta al lado del médico que va a operarme, enfrente de la pantalla del ecógrafo. Yo lo veo todo.

Me explican paso a paso lo que ocurre. Tendré que mantenerme despierta. Me encantaría dormir. «Relájate». Me ponen gel en la barriga para las ecografías. Miramos. Una voz en la cabeza me dice no mires. Miro. Lo miro todo. En la ecografía salen las tres, alegres. Se mueven y crecen. Los corazoncitos son azules y rojos, y laten con mucha fuerza. El médico me esparce una sustancia roja en la barriga. Han decidido a cuál de las tres *reducir*. Ahora, me pondrá una inyección. La inyección parará el corazón de (escribo, tacho, reescribo), de la que han decidido *reducir* y luego cerrarán el cordón umbilical para que no contagie a las otras. Apuntan la aguja al punto donde −al punto donde yo tendría que protegerla− está ella. Y en cambio le estoy diciendo: muere. La aguja penetra en la barriga. Siento dolor, sí, pero qué coño me importa el dolor ahora. No es más que un estruendo lejano. El médico empuja, y empuja, y hunde la aguja en mi barriga.

Me encantan las noticias de sucesos. ¿Sabéis lo increíble que le resulta a un asesino que todos creamos que solo hay que estrangular a otro para matarlo? ¿Que solo hay que hundir un cuchillo para acabar con una vida? Yo sé que no es así. Mil veces he escuchado en las confesiones o ante la policía decir: «Yo apretaba. Apretaba. No moría. No terminaba de morir». Pero hasta ahora nunca lo había visto.

Y mientras el médico empuja y empuja la aguja en mi barriga, cada vez más fuerte, y todos miran el monitor, y yo también, los veo: los tres corazones, que resisten. No muere. No consigue morir, me digo. Deja de mirar, te lo ruego. No dejo de hacerlo. Están esas líneas tan bonitas del gráfico, ese latido estupendo, esas bonitas líneas del corazón, latiendo las tres. Y luego, de golpe. Una línea se pone recta. El ruido se vuelve uniforme y es la muerte. Un corazón ya no está.

Y yo rompo a llorar. Pero sin ruido, solo lágrimas. Lo que ha pasado también es culpa mía. Nadie me ha obligado. Lo decidí yo. También me podría haber encomendado al Señor.

Me dicen algo para consolarme, vuelven a pasarme el ecógrafo por la barriga. «Tenemos que comprobar cómo están las otras dos».

Tienen que ver si, de golpe, toda esa sangre, esa alimentación que yo, yo, les daba a ellas, y que estaba tan bien repartida entre las tres, ahora que han quedado dos las ha matado. Un montón de sangre y de alimentación y de ser madre demasiado fuerte. Pero ellas laten. Están alegres. Se mueven. Si sobreviven, el cuerpecillo de mi hija que he decidido dejar morir permanecerá dentro de mí hasta el parto. Pero quién soy yo para quejarme. Si sobreviven, son ellas dos las que tendrán que convivir con la hermana, muerta. Tendrán que vivir con ella. Ahora ya no somos cinco. Ahora somos cuatro.

Lloro, no dejo de llorar cuando me dicen que de momento ha salido todo bien, esa imagen grabada en la mente del corazón de mi hija que deja de latir es un horror, un auténtico horror, no puede ser real, esa imagen del corazón que deja de latir es imposible, no se puede aceptar.

Lloro, no dejo de llorar cuando hacen pasar a Andrea vestido de una manera graciosa —cubrezapatos, bata y cofia verde— y le dicen que por ahora todo ha salido bien, debo permanecer en observación sin moverme ni un centímetro, ahí, un par de horas, pero dejo de llorar cuando Andrea se sienta a mi lado, me habla, me agarra la mano y me duermo, sigo llorando cuando me despierto y luego me vuelvo a dormir. A las dos horas miran cómo estoy. Las dos han resistido. Las dos siguen ahí.

Qué es, ver un feto quieto, inmóvil, como los niños de *It* que flotan, en la ecografía, ya sin latido, ya sin ningún color azul y rojo. Qué es, es imposible. Una mancha oscura en blanco y negro con una cabeza un cuerpo dos brazos dos manos dos piernas, que ya no se mueven.

Las otras dos están bien. Las otras dos se mueven y yo espero que bromeen entre ellas. Me parece que bromean. Me convenzo de que bromean.

«Ves, están bien», dice Andrea. «Mañana por la mañana, a las nueve, venid a recoger la ecografía, si todo está en orden podréis volver a Roma». «Vamos en tren, ¿es peligroso?», digo yo. «No, no, mucho mejor el tren que el coche». Esa frase me anima. No sé por qué, me hace pensar en la normalidad. Nosotros dos y nuestras dos hijas hacia Roma.

Salimos del hospital caminando muy despacio. Andrea me sostiene. No necesito que me sostenga. Esto es, no necesito que *físicamente* me sostenga. Se ensancha un moretón donde me han pinchado, en la barriga.

Ese moretón tardará un mes en desaparecer. Cada vez que lo vea, será como alguien que te pone una mano en la cabeza y te la golpea. Te dice: «Enloquece, venga». Y tú no quieres enloquecer.

El hotel queda a pocos metros, pero Andrea, de índole siempre tranquila —incluso demasiado—, siempre serena —incluso demasiado—, siempre amable con los desconocidos —incluso demasiado—, se lanza a un taxi: «Llévela al hotel», y dice el nombre y la dirección, «por favor». «Pero está muy cerca», dice el taxista. Andrea se pone amenazador, dice: «La acaban de operar, no puede andar. Llévela».

En el hotel me tumbo en la cama.

17.30.

Ada: «Anda. Ahora descansa y si puedes come algo muy rico».

Yo: «No puedo, a las seis y media tengo una llamada importante sobre el libro».

Bianca: «¿Inevitable? ¿No puedes aplazarla?».

Yo: «No».

(Claro que podría, de alguna manera podría, pero no puedo).

20.59.

Bianca: «¿Qué tal? ¿Has comido?».

Yo: «Una sopa de mierda en el restaurante de mierda de este hotel de mierda» y tres caritas ríen hasta las lágrimas. «Un día espantoso».

Bianca: «Joder. Tenemos que perpetrar una masacre».

Yo: «Estoy lista».

Bianca: «Malditos. Malditos todos».

El mismo día, el mismo momento, con Giulia.

Ella: «Estate quieto inmóvil en la cama» —las dos, por ternura, usamos siempre el masculino entre nosotras.

Yo: «Bueno, vi ese corazoncito que primero latía y luego ya no».

Pausa. «Has sido valiente fuerte atrevida», ahora usa el femenino, es demasiado.

«Luego pensé que una madre tendría que proteger. Y yo, digamos», usamos siempre esta palabra, «digamos», para decir varias cosas, entre ellas, en este momento: soy una gilipollas.

«No lo habrían conseguido las tres, en cambio así tienen posibilidades».

«No acababa nunca». Pausa. «Era como un garrote vil, cuando el reo no termina de morir, o sea, un auténtico asesinato, a tomar por culo».

El 3 de febrero, 8.40.

Ada: «¿Cómo te encuentras? ¿Has dormido?».

Yo: «Sí. Sueños siempre ansiosos, pero los tengo desde tiempo inmemorial», carita que ríe hasta las lágrimas. «Ahora me voy a una revisión» (esas caritas que pongo siempre, para quitar importancia).

Ada: «De acuerdo. Mantennos informadas».

Yo: corazón amarillo.

Bianca: «Y después vuelve con nosotras».

Yo: «Volveré» y —solo ahora me doy cuenta— pongo un globito rojo que flota y dos corazones rosados, uno detrás de otro. Juro que lo hice sin querer.

Estoy en el hospital, en la camilla, para ver cómo están las dos. Andrea está sentado a mi lado.

La médica que se encarga de nuestro caso intenta distraernos, me hace la ecografía.

Las veo claramente. A estas tres niñas inmóviles en la ecografía. Pero no me lo puedo creer. No es verdad.

Ella se pone seria. Mira con insistencia. Luego: «Lo siento», dice. «No lo han conseguido».

Demasiada sangre —mía—, demasiado alimento —mío— a la vez. Es probable que les haya estallado el corazón. Han muerto.

No me lo creo, pienso: ahora verá que se mueven.

Se ven las líneas rectas de los tres corazones. Hay un ruido como cuando una radio no sintoniza bien. Un ruido blanco. Sin nada. Hay tres líneas rectas. Ya no hay un ballet.

Y Andrea. Andrea pega un salto de la silla, se levanta de golpe, se quita el plumífero, se está asfixiando.

«Qué pasa», le dice la médica.

Qué coño quiere que pase, querría decirle yo. Han muerto sus hijas.

Yo lloro, y lloro, y le pregunto a la médica: «Y ahora qué hago, qué hago».

Andrea está palidísimo. Vuelve a mi lado. Me coge la mano.

Ella dice: «Lo siento mucho. Ahora tenéis que hacer el legrado. Pero podéis hacerlo en Roma».

El legrado. El aborto. Como los dos hijos que no quise. Pero ellas tres.

Esta imagen. Andrea que pega un salto de la silla y se arranca el plumífero, y no dice nada. Llevamos casi siete años juntos. Nunca lo había visto tan desesperado. Ni siquiera en los dolores más insoportables.

Esta imagen. Me da la medida de la tragedia. Me dice que es verdad. Me grita que es verdad. Pero yo no creo que sea verdad.

El 3 de febrero, las 11.03.

Yo: «Han muerto las tres».

Ada, Bianca, Giulia, desde los diferentes chats, responden solo una palabra: «No».

Y yo —hasta ahora no se lo he dicho nunca a nadie, ni siquiera me lo he dicho a mí misma, mucho menos a Andrea—, yo, cuando el 3 de febrero crucé la puerta giratoria del hospital para que me hicieran la ecografía y para ver cómo habían pasado la noche las dos hijas que me quedaban, después de la operación, pensé: ojalá se haya salvado solo una. Así estará realmente fuera de peligro. Para siempre.

Un pensamiento espantoso. Imperdonable.

Nos dijeron que eran tres niñas el día antes de que muriesen. Qué exagerada eres, vida. Cuánto daño flagrante, enfático, quieres hacer. No me gusta el estilo enfático. Y no me gustas tú. ¿Por qué no has hecho todo lo que tenías que hacer con frases breves, sin adjetivos, sin lloriqueos, sin sentimentalismos? ¿Por qué, vida, no has sido una buena escritora?

Cuando escribo en Word y en un capítulo marco una palabra o una frase con la función «Supr», inevitablemente pienso en «embarazo».

Todo aquel dolor.

Insoportable, aun así, era mejor que este vacío total en el que estoy ahora.

Hoy los recuerdos de Facebook del año pasado me sugieren esa foto. La foto en la que estoy asomada a la puerta de la iglesia con un cartel en el que se lee: ACOMPAÑADLA PARA QUE NO SE TROPIECE. La última foto que tengo con ellas en Roma.

Hoy, en cambio, es el 2 de febrero de 2022.

El último día en el que puedo decir: el año pasado estaba con ellas.

Nadie recuerda que iba a ser hoy, o que era estos días. O nadie lo dice. La vida de los demás ha seguido. Yo estoy metida en el *hula hoop*. Ayer vimos una serie de televisión estúpida, Andrea y yo. Un preso inocente. Lo visita su hija de diecisiete años. Está embarazada. Se le nota la barriga ya crecida.

Yo digo: «Que se joda».

Andrea: «¿Quién?».

«Esa gilipollas».

«Ya basta, venga», dice él. «No puedes decir eso siempre. No puedes enfadarte siempre. Así son las películas. Los embarazos, las muertes, los enamoramientos. Esas cosas».

Guardo silencio, la odio y espero que pierda ese niño.

No lo pierde.

Fecha 2 de febrero de 2021

Datos de la paciente
Apellido   Lattanzi
Nombre   Antonella
Fecha de nacimiento   20/11/1979
Edad   41

Embarazo actual
Última menstruación   9 de noviembre de 2020
Época gestación (UM)   12 sem. + 1 días
Epp (UM)   16 de agosto 2021
Época gestación   (US) 12 sem. + 5 días
EPP (US)   12 de agosto de 2021

(estas serían las fechas en las que habrían nacido, 16 de agosto según Um, 12 de agosto según Us)

Embarazo múltiple   monocorial triamniótico

Ecografía
Feto 1: Actividad cardiaca   visualizada
Feto 2: Actividad cardiaca   visualizada
Feto 3: Actividad cardiaca   visualizada

Procedimientos invasores
Prescripción   Embarazo múltiple
Reducción embrionaria/Feticidio
Procedimiento   Reducción embrionaria
Instrumento   Láser intersticial
Fetos vivos antes del procedimiento   3
Fetos vivos después del procedimiento   2

                                        Fecha 3 de febrero de 2021
Datos de la paciente
Apellido   Lattanzi
Nombre   Antonella
Fecha de nacimiento   20/11/1979
Edad   41

Embarazo actual
Última menstruación   9 de noviembre de 2020
Época de gestación   12 sem. + 2 días
Epp (UM)   16 de agosto 2021
Época de gestación (US)   12 sem. + 6 días
Epp (US)   12 de agosto 2021

Ecografía

del 1 de septiembre	*Feto 1*	*Feto 2*	*Feto 3*
Diagnóstico	Muerte fetal	Muerte fetal	Muerte fetal
Actividad	**no**	**no**	**no**
cardiaca fetal	**visualizada**	**visualizada**	**visualizada**

En la revisión de hoy:
Actividad cardiaca ausente de todos los gemelos.

Se acuerda envío a los centros de referencia para que se haga una revisión uterina.

(¿Sabíais que esto tampoco se puede decir: legrado? ¿Que los médicos, en vez de legrado, anotan en el historial médico «revisión uterina»? Nunca he podido dejar de verlo como la revisión de un coche. Me siento convertida en un coche, que pasa la revisión y sigue circulando. Me encantaría ser un coche. Hasta un viejo Yaris negro, como el que tenemos Andrea y yo).

Después regresamos a Roma en tren. Somos dos, Andrea y yo, pero yo estoy sola. Ningún corazón late dentro de mí.

No he dicho nada en la editorial. Puedo hacerlo. Puedo hacerlo y seguir trabajando en el libro.

Es lo único que me ha quedado, la novela. Y lo digo, y lo creo, y es así.

Tengo que grabar una presentación en directo al día siguiente y me duele mucho la barriga, pero lo hago. Es cuando mi madre verá la presentación y me dirá: pero ¿por qué siempre te pones falda?

Voy a la casa de Ada la noche siguiente de mi vuelta a Roma. Andrea no está, ha regresado al plató, y ella no quiere que esté sola. Me invita a su casa. Hay gente. «¿Te apetece?», me pregunta. Qué debo hacer, nada me apetece.

El 3, de nuevo en el hotel, llamé al doctor S. llorando desesperada. «Querida Antonella, no sabes cuánto lo siento», me dijo con la voz quebrada.

¿Qué me mantiene con vida? La novela. Todos los que saben me dicen: ahora descansa, luego lo vuelves a intentar, a intentar tener un niño. Pero las tres están muertas. Jamás volverán a vivir. Me mantiene viva la novela, se convierte en todo: mis tres hijas y mi trabajo y mi esperanza y mi ambición. Los libros no son hijos, lo he dicho. Pero todo lo que me convence de no abrir la ventana de mi quinto piso está ahí: en esas casi cuatrocientas páginas.

Y ahora no puedo descansar. Ni siquiera mentalmente. Tengo que hacerme el legrado.

He tenido un sueño.

Un sueño tonto, didáctico, mis sueños siempre son didácticos. He soñado con el mar de Sabaudia, y estaba completamente rojo. Era el ocaso. El agua no estaba clara, transparente. Era un mar infinito de sangre, hasta el horizonte.

He tenido ese sueño porque ahora empieza el tiempo de la sangre, que culminará una noche de junio en la montaña del Circeo. Ya lo he dicho, tengo sueños elementales.

Pero ¿qué debería contar ahora?

¿Qué he dado a la novela toda la responsabilidad de que me mantenga con vida?

Que cuando tenía que ir al hospital, en Roma, para hacer la ecografía para el legrado, había mujeres embarazadas por todas partes. Al otro lado de las puertas cerradas, los corazones de los niños que estaban mamando latían con mucha fuerza.

Que antes de ir me avergoncé, pero le dije a Andrea: «A lo mejor ahora me hago la ecografía, y están vivas». Y él dijo: «Yo también lo he pensado» (locos).

Que tuve que hacerme un legrado de tres fetos muertos pasada la duodécima semana, y que en un primer momento me dijeron que tendría que parirlos, muertos, porque eran muchos y el embarazo estaba muy avanzado.

Que en ese momento perdí la razón.

Que el legrado salió mal, que perdí dos litros de sangre, que estaba perdiendo el útero, que me pasó de todo, el catéter, la transfusión, la torunda en el útero para tratar de parar la hemorragia, la hemoglobina cayéndose por los suelos, el riesgo de septicemia, la crueldad de las enfermeras del hospital que no me daban agua después de la intervención, y yo imploraba, y al final me dieron la del lavabo, pero como envase usaron un biberón porque lo habían sacado de Patología Obstétrica.

Era de noche. No comía desde la medianoche anterior. Pedí algo de comer, me dolía la barriga. Me dijeron: «A ver si podemos encontrar unas tostadas». «Por favor», imploré. «Vale», dijeron ellas. Nunca aparecieron.

Y para las pérdidas, me dieron pañales para niños.

¿Qué debería contar?

¿Que, antes del legrado, me preguntaron si quería bautizar a mis tres niñas? Que si quería una plaza en el cementerio infantil. Habría abierto la boca y mordido la yugular de la comadrona. Ni estando muertas las encomendé a Dios.

Que antes de ir al quirófano, le dijeron a Andrea: «Ahora el papá tiene que irse, no puede quedarse». *¿Papá?* Es un tornillo grueso y oxidado que te taladra el cerebro. *Papá, mamá.* En esos sitios siguen llamándote padre y madre incluso cuando has perdido a tus hijos, incluso cuando ya no lo eres. Los enfermeros, las comadronas te llaman así continuamente. Cada vez que te llaman así, envidias (odias) a cualquiera que responde con derecho a ese nombre. Y te preguntas: pero ¿cómo es posible que no os deis cuenta de lo que estáis diciendo?

Que todavía persistía el maldito covid, y que me quedé una semana en el hospital, y que no pudo visitarme nadie, ni siquiera Andrea. Estaba sola, llena de dolores, sin fuerzas, con una jaqueca atroz y fiebre alta. A mi lado, en la cama que había a mi lado, una chica de veinte años, macedonia, en el sexto mes de embarazo de su tercer hijo. E iban a escuchar el latido del corazón en mi habitación.

Que por la noche, cada noche, ella tenía una jaqueca que le paralizaba una parte del cuerpo y le salían chorros de sangre de la nariz, y aunque yo la odiaba porque estaba embarazada, llamaba a las enfermeras. Nunca iba nadie. Al final, aunque no podía, aunque tenía la hemoglobina a 6, aunque no conseguía levantarme, me levantaba. No lo hacía por amabilidad, empatía o lástima. Lo hacía porque lo tenía que hacer. Salía al pasillo. Quería gritarles a las enfermeras malditas putas, venid, me cago en la leche. En cambio, iba educadamente a buscar a las enfermeras de las que dependían nuestras vidas, los calmantes, el único contacto con el mundo y los médicos, que tenían potestad sobre nosotras como si estuviéramos en la cárcel, y con amabilidad y humildad decía: la chica que está conmigo no se encuentra bien, ¿podéis venir, por favor? No iban.

Que al día siguiente al legrado, la médica de turno me miró y dijo: «Te mereces que el legrado haya salido mal». Porque no había querido hacer el parto inducido de los fetos muertos, y porque, como era un hospital católico, yo no era una de ellas –la reproducción asistida, la reducción–, y no me merecía nada.

Que Andrea llamó a mis amigos, a mis queridos amigos que no sabían nada, y se lo contó. A Luca, a Emilio y Carlo, a Marco. Y ellos no podían creerse que hubiese ocultado todo esto, y me mandaban mensajes y querían estar ahí, en el hospital, a mi lado.

Que no los llamé yo, a mis queridos amigos que no sabían, sino que le pedí a Andrea que los llamara. Porque yo ya no era capaz de hablar con nadie. Nunca respondí a una llamada. Hablaba solo a través de mensajes.

Que Giulia, Ada, Bianca hablaban con Andrea a diario, y querían visitarme aunque sabían que no podía verlas, que no podían entrar. Maldito covid. Maldito mundo. Malditos todos.

Que cuando supimos que iba a quedarme ingresada un tiempo, Andrea llamó a la editorial, y tuvo que explicarlo todo. Porque yo estaba en el hospital y entonces, esa semana, por primera vez tenía que decir la verdad. Tenía que parar. Sus mensajes estupefactos. Cuando volví a casa, llamé a la editorial. Ellos tanteaban el terreno, ¿cómo se responde, qué palabras se dicen ante un dolor así? Para, me dijeron. No pienses en el libro, está siguiendo su camino, tú no haces falta. Tómate una semana, un mes, un año. Todo el tiempo que quieras. Tienes que pensar en ti. Y yo dije: «No puedo parar si tengo que pensar en mí. Si no trabajo para el libro, muero». Y ellos –comprendiéndome y sin comprenderme– me dejaron elegir. Desde la tarde en la que regresé a casa desde el hospital, con la hemoglobina a 7, reanudé las presentaciones online, las entrevistas en las que el entrevistador de turno me preguntaba: ¿tienes hijos?

Me puse a escribir un *ebook* sobre Stephen King. Mi editor de ese ensayo no sabía nada de lo que me había pasado (la editorial no era la misma que la de mi novela) y ahora tampoco lo sabe. El *ebook* se titula *Salvarse*, y no es un título casual.

Meses después, cuando volví por milésima vez donde el doctor S., le imploré que reanudásemos el itinerario para una nueva reproducción asistida, sin ninguna consideración por mi cuerpo, por mi cabeza, él me dijo, con dulzura: «Ten un poco de ternura contigo misma».

¿Qué ternura?

Y yo, en el camino de vuelta, lloraba y pensaba: «Tengo que intentarlo de nuevo». Y el Tíber estaba negro.

¿Qué tendría que contar?
¿Que cuando estaba ingresada, desesperada, entró un cura en la habitación? Yo lloraba, lloraba, y él creía que lloraba porque quería su bendición. Yo solo me decía que quería que se largara de la habitación, quería que lo devoraran los leones, pero yo no era nada, no era nada, dejaba que él se aprovechara de mí porque yo no era nada, solo lloraba y él me dijo: «¿Eran varones?». Yo asentí, lloraba, y él dijo: «Bautiza a esos tres niños muertos, llámalos como a los arcángeles, y luego haz una donación a —me dijo un lugar, una iglesia, no lo recuerdo—, y te prometo que dentro de un año volverás a estar

embarazada». Y me dio un colgante: la cruz de tau. Y yo lloraba y yo pensaba eran niñas, al menos eso no me lo has robado.

La cruz de tau la tiré en cuanto salí del hospital. Me daba miedo tirarla estando ahí. Me daba miedo que diera mala suerte, me daba miedo morir.

¿Tendría que contar que, el día que fui a que me hicieran el legrado, cogí un taxi porque los baches de Roma me hacían mucho daño si iba en el ciclomotor, y que Andrea había ido en el ciclomotor porque tenía que marcharse antes del hospital para ir al plató? El taxi pinchó. Yo no daba crédito. El taxista me dejó en medio de una avenida enorme, casi una autopista, y me dijo: «Llama a otro taxi».

Cuántas veces en ese hospital nos prometieron que me darían una habitación para mí sola, sin todas esas mujeres embarazadas, sin todos esos corazones latiendo, pero no fue así, siempre estuve con la macedonia de la tripa enorme, y tenía el catéter y el paracetamol en gotero —poquísimo, Dios es el que manda el dolor— y más goteros de antibióticos y líquidos, y los tubitos por todas partes, y sangre y la torunda en el útero y me decían habrías podido perder (también) el útero habrías podido perderlo habrías podido perder el útero has estado a punto de perderlo y tú también has estado a punto de perderte.

La bolsa con el gotero de la transfusión, llena de sangre, estaba muy roja. No paraba. Aun así, la hemoglobina no subía.

¿Qué tendría que contar?

Que una comadrona me dijo: «Es tremendo por lo que estás pasando. Pero tienes que aceptarlo y admitirlo. Dios manda el dolor solo a quien puede soportarlo».

Que, inmediatamente después del legrado, me quedé en observación en la sala de partos todo el día, sola, porque había perdido mucha sangre, mientras a mi alrededor nacían niños.

Que, inmediatamente después del legrado, fue la única vez que me dieron algo contra el dolor que no era paracetamol. Esa fue la única vez que me dieron morfina. Y yo, que aún no le había contado nada a nadie, porque creía que iba a salir ese mismo día —por otro lado, ya antes me habían hecho otros dos legrados, creía saber cómo era, y también los médicos me habían asegurado que sería así—, con la morfina me sentía casi eufórica, y respondía a los mensajes de trabajo sin contar a nadie dónde estaba, qué hacía, respondía a los correos electrónicos, sobreexcitada, y de la editorial me escribieron: «Acabamos de saber que va a salir la segunda edición de tu libro». Y yo se lo conté a Ada y Bianca. Y ellas: «¡Qué estupendo!». Pobres amigas queridas.

Que, antes del legrado, como para cualquier otra operación, tuve que hacer la prehospitalización. En la prehospitalización y —dos días antes— en la revisión ecográfica en la que me dijeron que tendría que haber hecho el parto inducido, me acompañó Giulia. Andrea no podía venir. Andrea no quería venir; y para él era un alivio no poder hacerlo (eres mala). El día de la ecografía, cuando me hablan del parto inducido, Giulia se pone como una fiera. Llama a toda la gente que conoce mientras yo lloro lloro lloro, digo, si doy a luz a estas tres hijas muertas yo también muero, mi amiga Giulia llama a médicos, a amigos de médicos, a hijos de médicos directores de hospital, y por último consigue llegar también a los médicos directores de hospital. Yo estoy sentada pasando frío fuera del hospital mientras fumo un millón de cigarrillos porque ya están muertos todos, sentada en el suelo porque ya no puedo más, la miro llamar y pienso: Andrea esto nunca lo habría hecho por mí. Llama tú, me habría dicho. Porque si Andrea fuese el personaje de una novela, no podría ser una fiera pasional como Giulia y a la vez él mismo.

Giulia llama a todo el mundo y consigue ayudarme —en efecto, no habrá parto inducido—, después me lleva a casa y bebemos muchas cervezas. Al fin y al cabo, ya todos estamos muertos. Incluso conseguimos hablar de otra cosa. Incluso conseguimos reírnos.

Cuando, sobre las once, llega Andrea del plató, lo odio. Porque él no tiene que operarse. Porque él es hombre. Porque él puede ir por el mundo y yo tengo que estar encerrada en el mío. Porque él, si yo ya no pudiera tener hijos, sí podría, todavía durante décadas, con otras mujeres. Dice: «He comprado mejillones y pescado, como te gusta a ti» (no pueden ser las once si ha comprado pescado, probablemente lo dice al día siguiente cuando vuelve a casa un poco antes, sobre las ocho, pero como el día siguiente es un día igual que este, olvidémonos de cómo ocurrieron las cosas *exactamente*). Yo me vuelvo gélida, mala; digo: «Qué coño me importan los mejillones» (mi comida preferida), «no tengo hambre».

El día de la prehospitalización, mientras espero para entrar, Andrea y yo discutimos por Whatsapp. Cuánto discutimos. Hace un frío tremendo, es febrero y estoy haciendo cola fuera de la recepción durante horas porque con el covid los ingresos son limitados. Mientras yo estoy aquí, él vive. Y ya desde hace días tengo tres niñas muertas dentro de mí, me muevo por todas partes con tres niñas muertas dentro de mí.

La presentación inmediatamente después de la operación de Milán, antes del legrado, la hago con tres niñas muerta dentro de mí. Entre la vuelta a Roma, las revisiones, la fecha del legrado y el legrado, permanezco siete días enteros con tres niñas muertas dentro de mí.

En la sala de la prehospitalización estoy sentada ya no sé cuánto tiempo esperando que me hagan análisis de sangre, test del covid, hablar con el anestesista. (¿Anestesias previas? No. ¿Abortos previos? No. ¿Operaciones previas? No). Llego por la mañana a las nueve al hospital y regreso a casa a las siete de la tarde.

Dos días antes, mientras esperábamos a que nos hicieran la ecografía, de vez en cuando los enfermeros cerraban las puertas y decían: «Apartaos, va a pasar una paciente con covid». Yo no pensé: «Al menos no tengo covid».

Porque, en un momento dado, pasó algo.

Empezó cuando me preocupaba estar esperando gemelos, en diciembre de 2020. Tan pronto como decía: «Al menos no ha pasado *esto*», *eso* pasaba. Cuando temía no llegar al tercer mes —los días en que creía que mi embarazo era como cualquier otro, y, como todas las mujeres normales, estaba preocupada—, dije: «Al menos hay algo seguro, no son gemelos». Tan pronto como lo dije, descubrí que eran dos. Entonces pensé: «Al menos no son tres». Se convirtieron en tres. Cuando tenía que hacer el legrado pensé: «Al menos hoy mismo vuelvo a casa». Volví a casa una semana después. Tras el legrado me dijeron, podías haber perdido el útero. Dije: «Al menos no he perdido el útero, al menos mi útero está bien». Fue entonces cuando empezó la segunda parte de esta tragedia.

Me impuse: basta, no digas nada más, no pienses en nada, no emitas ningún ruido verdadero ni en tu cabeza, porque en el cielo o en el infierno te oyen, te escuchan siempre. Y te castigan. Así que me quedé callada. Porque además en mi cabeza había un único sonido.

Los corazones de los niños.

Cuando se convirtieron en tres, bajo la mirada aterrorizada de la ginecóloga que me trató para la reproducción asistida, joder, vi esas tres cositas ínfimas y, joder, oí esos corazones, joder, cuánto latían, y los vi rojos y azules palpitar en la ecografía y a pesar de que la ginecóloga me estaba exponiendo un escenario de muerte, yo no sé qué es un escenario de muerte, yo no sé qué es el latido del corazón de un niño que has querido, pero es una especie de calor total, una especie de sustancia estupefaciente, una especie de explosión. Descubriré que el latido de tu niño, si quieres tenerlo, te flipa. Descubriré que el latido de los otros niños, si el tuyo ya no lo tienes, es una tortura. Es como si te atasen a una silla y te abriesen la cabeza y te rebanasen los sesos con una cuchilla. Estás consciente, pero te estás volviendo loca. Pensarás: parad esos corazones. Os lo ruego, os lo suplico, parad esos corazones.

Y que eres una persona horrible, que eres una persona horrible por pensar que, muertos tus tres corazones, tendrían que morir los corazones de todos, y esos todos son los niños, pensar que eres una persona horrible lo pensarás, pensar que te mereces el castigo de los castigos lo pensarás, pensar que pensamientos así no son de seres normales, sino de asesinos, lo pensarás. Y se lo dirás a Andrea: te lo ruego, pide que paren esos corazones. Y él dirá, por el móvil, porque hay coronavirus y no puede entrar en el hospital contigo, dirá no digas eso, qué te han hecho esos niños, esas niñas. Y tiene razón, lo sabes. Pero tú harías cualquier cosa por parar esos corazones, y en cambio los oyes, en todo momento, en la sección de Patología Obstétrica, donde estás tras la milésima operación, y ya no hay nadie dentro de ti cuando te penetra la sonda de la ecografía, ya no están Aldo, Giovanni y Giacomo, como los llamábamos cuando descubrimos que eran tres (antes de saber que eran tres niñas, a las que no les ha dado tiempo de tener un nombre, y antes de que se convirtiesen en dos, Annalena coma Angela y Bianca coma Cristina —nombres verdaderos, esta vez–), ya no hay nada dentro de mí, ya no estás tú y oyes esos corazones y querrías arrancarte el catéter, la gasa de diez metros de largo que te han puesto en el útero para contener la hemorragia —la torunda–, el gotero de líquidos y el de paracetamol y el de antibióticos porque tienes fiebre y dicen que tienen que evitar que te dé una septicemia, y además un gotero rojo con la sangre de la transfusión, querrías arrancarlo todo y huir lo más lejos posible, pero desgraciadamente, esta vez, no es como cuando Giulia te dijo, riendo: no puedes ir a ninguna parte, ¿adónde irías? Él o ellos están dentro de ti. Desgraciadamente, esta vez puedes huir. Si huyes, estás sola. Ya no hay nadie contigo.

Y esa dimensión en la que has caído desde el 3 de febrero de 2021, día en el que murieron tus tres hijas, esa dimensión en la que aún te hallas ahora te repite, cada día y a cada hora, que no ha sido mala suerte, infortunio —como dicen todos–, ni tampoco el azar. No, no, una sola cosa es cierta: te lo has merecido. Un hijo no es un traje, no es un contrato para la publicación de un libro, no es un contrato en negro para una casa en la playa, rechazaste dos hijos y entonces ese dedo que siempre temiste ver saliendo doblado y recio del cielo finalmente ha atravesado las nubes y te ha señalado delante de todo el mundo y ha dicho: «Tú no te lo mereces». Y ha matado a tus tres niñas.

Antes de que me den el alta, me tumbo en la camilla para que me quiten la gasa del útero. No me hablan.

Empiezan a extraer infinitos metros de gasa, haciendo un ruido horrible.

Oigo que sale un chorro de líquido de mi cuerpo. La gasa contenía la hemorragia.

«¿Qué pasa?», pregunto, mientras no veo lo que ocurre debajo de mí. «¿Qué pasa?», pregunto a los médicos. Nadie responde.

«¿Hay sangre? ¿Todavía hay sangre?».

El líquido es muy abundante y chorrea.

Por fin se deciden y dicen: «No, es el desinfectante con el que estamos humedeciendo la gasa. Hace falta mucho».

¿Tengo de verdad que contar estas cosas? Estas son cosas que no se cuentan, cosas muy simples, que hay que haber vivido en primera persona, como dice Simenon. Y así sucesivamente.

No las voy a contar.

¿Sabéis, en cambio, qué tengo que contar?

Durante aquellos días infinitos en el hospital, no quiero escuchar a nadie con voz alegre, quiero que se muera todo el mundo. Pero el tiempo no avanza, no consigo leer, solo consigo ver películas o series en mi móvil. Durante todos esos días, mil horas al día, busco en Google «películas que acaban mal» y son las únicas que veo. Me complace mucho el dolor ajeno. Cuando salgo del hospital, se lo cuento a Giulia. Ella se echa a reír. A mí también me entra la risa.

La chica macedonia que estaba en mi misma habitación, cuando nos dieron el alta (nos dieron el alta al mismo tiempo) y me vestí por primera vez se fijó en mi ropa (que había comprado hacía siglos en una tienda muy chic y me había costado un dineral, porque querría ser una señora bien) y dijo: «Pareces una gitana».

Me enfadé mucho, y cuando se lo conté a mis amigos se rieron, y yo también.

Cuando me dieron el alta y me movía despacio por los pasillos del hospital, para salir, repetía: «Será posible, esta gilipollas que me ha dicho que esta ropa es de gitana con lo que me ha costado». Y Andrea miraba de un lado a otro y decía: «Baja la voz, venga, no está bien hablar así». En ese instante eso no me daba risa. Ahora sí.

La enésima vez que las enfermeras no respondieron cuando las llamamos, que no nos trajeron el gotero con antibióticos, que no nos trajeron mantas, me puse a gritar: «¡Os advierto que escribo en la prensa! ¡Como hable de todo esto os arruino!». Convencida de que se asustarían por mi autoridad y de que a partir de ese momento me tratarían mucho mejor. Me trataron peor. También de eso, después, mis amigos y yo terminamos riéndonos. «No te hicieron caso», me dijeron. En efecto, no.

Y hay más cosas que se cuentan.

Tengo una nota en mi iPhone. Se ha vuelto larguísima. Están todas las fechas de mis reproducciones asistidas. Cuando la empecé, creía que tendría a lo sumo unas diez líneas. Una línea por cada fecha: cuando empecé, cuando me hice las revisiones, cuando me hice la punción ovárica, cuando hice la transferencia de embriones, cuando descubrí que estaba embarazada, cuando parí. Punto.

Me das risa, Antonella (eres una idiota, por eso te llamo por tu odiado nombre de pila).

Ya es una lista larguísima. En leerla entera se tardan unos segundos.

Miro el día en que entré en el hospital para el legrado: 10 de febrero de 2021. Salí el 17.

Me recogió Andrea, que estaba extenuado. Pasó casi cada minuto en el que no se encontraba en el plató sentado en el pasillo, fuera de la sección (no lo dejaron pasar, prometieron información que no le dieron y, si yo no respondía a los mensajes —tampoco con él quería hablar por el móvil—, nadie le decía cómo estaba). Por fin me vestí (como una gitana), guardé mis cosas sin ningún orden en la maleta y, lentamente, salí.

(Solo en casa descubriré que, cuando estaba en la sala de partos para el legrado, me robaron la pulsera de brillantes que mi madre y mi padre me habían regalado con el dinero del finiquito —una a mí, otra a mi hermana—. «¿Por qué no te la quitaste antes de ir al hospital? Ahí no se va con joyas». Lo sé y, en efecto, no tenía pendientes ni anillos, pero esa pulsera nunca me la quitaba, desde hacía quince años, era como no tenerla, ni siquiera me acordaba de que la llevaba puesta).

Recorrimos los pasillos infinitos del hospital. Jadeaba. Andrea me agarró con fuerza la mano. En las paredes del hospital había carteles que decían que el sufrimiento era voluntad del Señor. Yo solo dije que te den. Llegamos a la entrada. Al lado del hospital había una librería. La miré de soslayo. En el escaparate había una pila de libros. En el centro de la pila, justo en el centro, en el sitio más visible de todos, vi mi novela.

Estas sí, estas sí son cosas que se cuentan. Este momento de luz total, verdadera, en medio de las luces de neón del hospital, de mi maleta llena de horrores que Andrea cargaba por mí, de ese taxi que me llevó a casa mientras Andrea se iba en el ciclomotor, de esa nada que era yo. Estas son cosas que se cuentan: esa novela, que siempre ha estado ahí, vigilándome, esperándome. Esperándome para decirme que seguía viva.

Perdóname, novela, por haberte dado la responsabilidad de salvar mi vida.

Y así, ya ese día, de regreso en casa desde el hospital, con los de mi editorial hablamos de traducciones, de nuevas ediciones, de ejemplares vendidos, de los nuevos temas en los que tengo que trabajar, de entrevistas, de presentaciones (para esa semana, online, después quiero que sean en directo).

Enseguida, también un vídeo en el que salí espectral (digo a la oficina de prensa: «Parezco Morticia»). Pero me río, me río muchísimo en esa presentación, quiero demostrarles –a los de la editorial, pero sobre todo quiero demostrarme a mí misma– lo valiente y lo buena que soy, y cuando me preguntan: «¿Tienes hijos?», respondo alegre: «¡No!».

(¿Qué es una novela frente todo este dolor? Nada.

¿Por qué sigo trabajando sin parar nunca?

¿Por qué lo seguiré haciendo siempre, con todo lo que va a seguir pasando?

Solo se me ocurre una imagen: una mano aferrada a una roca, el cuerpo balanceándose en el vacío. La mano se tiende, ya no aguanta más. Quizá ese es el significado de aferrarse a una motivación.

Que luego esa motivación sea la misma que me ha impedido tener hijos a tiempo, la misma que me ha llevado directamente hasta aquí, a estas tres muertes, a estos tres homicidios, significaría acusarla. Y no puedo hacer eso porque me hallaría ante una absoluta ausencia de sentido.

No la acuso, nunca, ni siquiera ahora que escribo.

Nunca. Y no quiero ni pensar en ello. Quiero borrar este capítulo).

Pero ahora tengo que contar la sangre.

Conclusión:

Inmediatamente después del legrado, empiezo a tener hemorragias. Los médicos creen que es el proceso postoperatorio normal. Yo, también. Al menos no he perdido el útero (¡calla!, ¡no lo pienses!). En cambio, se descubre que, para salvarme el útero y contener la hemorragia, los médicos del hospital tuvieron que terminar la operación deprisa. Han quedado restos de los fetos muertos y de placenta en el útero. Sobre esos restos han crecido formaciones arteriovenosas. Esto es, vasos sanguíneos y arteriales (no soy médica, lo explico con mis palabras) vivos, que van creciendo. Con el paso de los meses, de febrero a junio de 2021, crecen mucho. Todos los médicos me dirán: es algo rarísimo, no pasa nunca. Pero resulta que es algo con un cerocomacerocomacerouno por ciento de posibilidades que coño, se cumplen siempre. En las ecografías se ve el útero completamente lleno de bolitas coloradas. No son corazones de niños. Son vasos que echan sangre. En el hospital querrían operarme de nuevo a principios de abril, urgentemente («Por tu vida», me dicen). Consultamos con médicos: la operación es muy arriesgada, la posibilidad de perder el útero, muy alta. La posibilidad de no conseguir contener la sangre ni quitando el útero, y que yo, por consiguiente, muera, alta. Pregunto a los médicos a los que he consultado qué debo hacer. Me aconsejan que no me opere, ya probaremos otros tratamientos, probaremos todos los tipos de tratamientos que hay. Rechazo la operación.

Probamos tratamientos para reducir esa masa —se llama MAV, malformación arteriovenosa— y así operar luego, en un segundo momento. Durante varios meses, mientras mi hemoglobina baja más, mi sangre mana fuera de mí.

Sin embargo, yo sigo yendo a presentaciones de mi libro, trabajando, saliendo a cenar. A mi sangre le da igual el antihemorrágico (el Tranex 500 mg). En cualquier momento me puede inundar una hemorragia. Pasa continuamente. En todas partes. En medio de todo lo que hago, en un momento dado siento el chorro de sangre y tengo que ir corriendo al baño. Atiborrarme de Tranex. Rogar que pase. En cualquier momento puedes morir. Hablo con mi ginecólogo con mucha frecuencia. «No se bromea con la sangre, si es mucha, ve corriendo al hospital». La cabeza me dice que me meta en la cama y que no me mueva. Todo es demasiado peligroso. Pero me levanto todos los días. Y no por valentía. Es que me niego a que sea verdad. Si no te lo crees, no es verdad.

Sigo así hasta finales de junio. Tengo un nutrido calendario de presentaciones en verano y primavera. Lo he querido yo. Sigo viajando, presentando el libro. Durante muchos meses. Con antihemorrágicos y lo demás.

Después alquilamos la casa en el Circeo, «para renovarnos». Y llega el día que he contado al principio de este libro, cuando no dejo de sangrar.

El doctor S. en ese momento me dice: «Ve corriendo al ambulatorio». No puedo entrar en pánico. Mientras el corazón me parte el pecho, por fuera parezco muy tranquila. También Andrea parece tranquilo. Pero, cuando trata de cerrar la bolsa que ha preparado rápidamente para salir, no lo consigue. Veo que le tiemblan las manos. No consigue cerrar la cremallera. «Tranquila», me dice, «ahora nos vamos». «Tranquilo», le digo, «nos sobra tiempo». Y nosotros, que como si estuviéramos locos hemos tenido que ir a meternos en el sitio más incómodo y aislado del mundo, nos lanzamos de noche a la carretera Pontina, mientras yo le digo a Andrea calma, no corras, tenemos tiempo.

Hemos hecho todo lo posible para evitar la operación, para salvar el útero y que yo pueda intentar otra reproducción asistida, terca e imprudente siempre decía que no era demasiada sangre, pero ahora tenemos que irnos. No tiene sentido morir desangrados.

Es de noche, estamos en la carretera Pontina llena de baches. Andrea corre como un loco.

Pero antes, el 22 de marzo de 2021, fue el anuncio de los doce seleccionados del premio Strega.

Llegamos hasta ese día, yo indiferente a la sangre (de la que no había hablado en la editorial, de lo contrario me habrían prohibido viajar; no se lo contaré hasta junio, hasta que no me quedará más remedio que operarme), nosotros, con todo nuestro entusiasmo y nuestras fuerzas. Ya lo he dicho: deposité en la novela toda la responsabilidad de salvarme. Ese rescate culminaba ahí: en la selección del premio Strega.

Hacemos una reunión por Zoom para escuchar todos juntos, en directo, el anuncio de los doce libros elegidos.

Me pongo delante de la pantalla. Andrea se mueve por la casa, no quiere salir en la imagen. Yo, en casa; desde Milán, mi editorial. Todos muy emocionados.

(Mi rescate).

El anuncio tarda pocos minutos. Luego: «No estamos».

Y yo revivo el momento en que vi a mis tres hijas muertas en la pantalla. No es comparable, pero también este sueño murió delante de una pantalla. Y como cuando Andrea me compró mejillones y pescado un día antes del legrado, ahora me compra flores y me dice: «¿Qué puedo hacer para consolarte?».

Pero me pongo como una fiera. «No puedes hacer nada», le digo rabiosa. Detesto esas flores de la derrota, vete a la mierda, idos todos a la mierda.

No sé si es posible entenderlo, pero, si has empeñado toda tu vida en algo, en una fecha, en un anuncio, si el único motivo por el que no has abierto esa ventana de la quinta planta es esa fecha, ese anuncio, cuando ves tu derrota en la pantalla te dices: es el universo el que la tiene tomada conmigo.

De modo que sigo con las hemorragias hasta esa noche de junio en la carretera Pontina.

No pretendo contar qué pasa desde la noche en la carretera Pontina hasta la operación. En las semanas que sabemos que de esos quirófanos puedo no salir nunca (pero debo entrar, no tengo elección). Tampoco pretendo contar la operación. Mejor dicho, las dos operaciones en un día: una embolización y una histeroscopia quirúrgica (no pretendo explicar qué son). Estas son cosas que está prohibido contar.

Cosas que se cuentan: cuando la operación se hace inevitable, todos los que saben se vuelven multitud para ayudarme a encontrar el mejor hospital. Al cabo, por distintos motivos, tendré que elegir el mismo hospital donde me hicieron el legrado. Pero, también entonces, todos me ayudarán.

Decidimos coger una habitación de pago en el hospital para que Andrea pueda quedarse conmigo y para que yo no tenga otras compañías y corazones que laten. Entramos en el hospital el domingo por la noche, me operarán el martes.

El domingo por la noche Andrea se va a dormir a casa. Yo me paso toda la noche escribiéndome whatsapps con la amiga con la que, al año siguiente, iré a Madrid, a reírnos de todas las tonterías que se nos ocurren. Por ejemplo, al lado de la cama hay un botón para la lámpara pequeña. Tendría que apagar todas las otras luces y dejar una baja para poder leer. En realidad, cuando aprietas ese botón, todo queda a oscuras. Se apagan todas las luces. Le mando un millón de fotos negras y escribo: perdona, te tengo que dejar, ahora voy a leer. Nos partimos de risa; ella en casa, yo en el hospital.

El día previo a la operación no puedo tomar líquidos ni comer desde la medianoche. Antes le pido a Andrea que me lleve dos cervezas Peroni al hospital (soy de Bari, la Peroni es de ahí, por eso la prefiero). Nos tomamos un aperitivo con patatas fritas y cerveza en el hospital, en mi habitación, a escondidas. En cuanto oímos pasos acercarse a la puerta, lo escondemos todo. Nos reímos mucho.

Nunca pienso que me puedo morir.

Al día siguiente, cuando está a punto de comenzar la primera operación, escucho al cirujano decir a su asistente: «La paciente es delgada, será más fácil operar». Estoy muy orgullosa de ese cumplido.

Por la noche, después de la operación, estoy llena de morfina. Pero estoy despierta. Compro la app del Monopoly y obligo a Andrea a jugar un millón de veces en mi iPhone. Una cosa incómoda y aburrida. A pesar de los dolores y de la morfina, siempre gano. Me exalto.

(«Te dejé ganar, en realidad», me dirá Andrea meses después, y a mí me dará la risa).

Tengo una bomba de morfina, con el fin de poder distribuírmela directamente en vena yo misma (el dolor que he sentido en estas dos operaciones no lo había sentido en toda mi vida). La termino en un instante. Cuando por la noche el médico de guardia viene a verme y la bomba ya está vacía digo: «¿Me da más?». Él lo hace, pero dice: «Más que esto es el SERT».

Y yo estoy orgullosa.

La noche en que salgo del hospital, Giulia y Luca vienen a cenar a casa, estoy dolorida, débil, pero quiero que estén conmigo. Me cuesta levantarme del sillón. Sin embargo, no paro de contar chistes. «A pesar de todo, no dejas de ser un idiota, Antonio», me dice Giulia. Estoy orgullosa de ser un idiota a pesar de todo, y también ella está orgullosa —y aliviada— de que lo sea.

Cuando nos dan el alta en el hospital, la médica de guardia me aconseja ir a la playa. Estoy más muerta que viva y me da miedo marcharme de Roma. «¿Y si volviese la hemorragia?». «Volvéis aquí», dice ella. Andrea me dice: «¿Te atreves?». Me atrevo. Siempre me atrevo.

Consiguen salvarme. Consiguen salvarme el útero.

Meses después, el ginecólogo con el que trato de nuevo de hacer la reproducción asistida (sin éxito) me dirá: «Ahora te puedo decir que, pocos meses antes de tu ingreso para la embolización y la histeroscopia quirúrgica, una mujer murió por el mismo tipo de intervención y la misma patología que tenías tú». Por eso hicieron de todo para evitar la operación.

Pero yo estoy viva.

Cada dos por tres, Andrea y yo nos tropezamos con la palabra «ge-melo» o con gemelos en carne y hueso.

Por ejemplo: el sitio donde nos alojamos en la playa, en Sabau-dia, se llama Gemelli. Por supuesto, lo dirigen dos gemelos.

Todos los días, al anochecer, a uno de ellos le pido el aperitivo. Nunca los distingo.

Siempre me ha encantado el mar.

Pero este mar de agosto, de luz tan cegadora, tan lleno de vera-no, de alegría, me hace daño.

Hay mujeres embarazadas por todas partes.

Hay niños por todas partes.

Hay felicidad por todas partes.

Odio este mar, este calor, esta felicidad.

Estoy contenta solo de noche —y eso que a mí siempre me ha gustado el calor y la luz—, cuando el sol se va. Y llega la oscuridad, como yo.

He hecho nuevos amigos en Sabaudia. Ellos no saben nada de todo lo que ha pasado, pero, por el simple hecho de que existen, y de que nos reímos y bailamos, me salvan. Esta historia está llena de personas que me salvan sin saberlo. De noche, mientras cocinamos, nos emborrachamos de vino blanco helado y cantamos temas de Venditti, Baglioni, Battisti, Lúnapop, Jovanotti. La canción que más nos gusta es *Notte prima degli esami*. Andrea y yo decidimos trasladarnos del Circeo a Sabaudia y alquilar una casa cerca de la de ellos, tirada de precio, para todo el verano, hasta finales de agosto.

Cuando termina agosto, yo le ruego que se quede también en septiembre, que trabaje desde aquí. Sé que él querría regresar a Roma, pero acepta.

Si regreso a Roma, yo.

«Aunque están muertas, tus tres niñas están siempre contigo».

Nunca me tendréis. Nunca diré y nunca pensaré «Ellos cinco están siempre conmigo». Porque no están.

Para saber si la operación ha ido bien, hay que esperar meses. Hay que ver cómo reacciona el útero. Si recrece la malformación arteriovenosa, o MAV. Si el útero realmente se ha salvado.

Hay que esperar que me vuelva la regla (la regla que me volvió, después de meses, el día que empecé este libro).

Cuando vuelvo a tener la regla, me hacen una histeroscopia de comprobación. Es noviembre de 2021.

Giulia: «¿Dónde estás?».

Yo: «Me acaban de hacer una histeroscopia».

«¿Ya te han dado el resultado?».

«No». Pausa. «Estoy esperando».

«¿Qué es lo que tienen que ver?».

«Si hay adherencias o restos u otras mierdas fruto de las operaciones». (Nos quedará siempre la duda de que me haya salido la MAV por algo que hicieron mal en el legrado; y, en efecto, el médico que me hace la histeroscopia dice que es muy probable, pero muy difícil demostrarlo). Pausa. «Se puede intentar de nuevo», implícito: hacer otra reproducción asistida, pero no lo decimos.

Veinte minutos después.

Le mando la foto del informe médico. Dice:

> Prescripción: Revisión cavidad postembolización arteria uteri-
> na por MAV e histeroscopia quirúrgica por residuos postaborto.
> Reproducción asistida.
> CANAL CERVICAL: indemne
> CAVIDAD UTERINA: regular
> ENDOMETRIO: proliferativo
> OSTIUM TUBÁRICOS: visualizados indemnes
> BIOPSIA: no
> Comentario: Histeroscopia negativa. En cuanto a la pregunta
> concreta, la cavidad parece regular, sin residuos postaborto o sine-
> quias.

Yo: «El médico que me hizo la histeroscopia tenía una cara rara.
Dije: ¿por qué está enfadado? Él dijo: no estoy enfadado, lamento el
infierno por el que has pasado. No era el doctor S., era uno que no
había visto nunca».

Antes de hacerme la histeroscopia, mientras me desnudaba y con-
taba lo que me había pasado y el doctor leía mi infinito montón de
informes e historiales médicos, me dijo: «¿Cómo puedes seguir vi-
niendo a los médicos después de todo por lo que has pasado? ¿De
dónde sacas el valor?». Respondí: «¿Y qué otra cosa puedo hacer?».

¿Qué puedo hacer?

Puedo convivir con este dolor que es el pasado y este dolor que es el presente, puedo tratar de fingir que río y también algunas veces tratar de reír con ganas, o bien me puedo matar.

No me mato.

El 9 de febrero de 2022, hoy.

Durante más de un año, desde que descubrí que estaba embarazada hasta ahora, he tenido en la nevera la última inyección para la reproducción asistida, esperando (cuando estaba embarazada) no tener que necesitarla más porque todo iba a salir bien, y en realidad convencida de que ya no iba a necesitarla. Ahora la he tirado.

Ayer vino Marco a cenar. En un momento dado me dijo que no le había sentado bien la comida. Me preguntó si tenía un digestivo. Yo no dije nada, me levanté de la mesa, fui a buscar el efervescente Brioschi que Andrea me compraba cuando estaba embarazada y tenía náuseas. La confesión se había quedado así: a medias.

Lo cogí. Lo miré. Pensé: «Voy a tirarlo».

No lo tiré.

Puse dos cucharillas de efervescente Brioschi en un vaso de agua, lo giré para disolverlo, como cuando estaba embarazada y tenía náuseas. No me bebí el vaso. Se lo llevé a Marco. Yo ya no lo necesito.

Habría querido decirles: «Esto lo tomaba cuando…». Pero no pude porque… ¿qué podrían decirme ellos? ¿Cómo reaccionarían?

Todos los días, cuando me ducho, veo una cicatriz en la ingle.

Me la ha dejado una de las dos operaciones por las que pasé después del legrado, la embolización.

Es un agujero.

Siempre me olvido de que la tengo. Siempre que la veo me quedo hecha polvo.

Espero que llegue el día en que forme parte de mí, como todas las otras cicatrices que tengo. Algún día ya no me dejará hecha polvo.

Después del legrado no quiero hacer el amor. Al principio, durante meses, no puedo. Pero, aunque pudiera, ni siquiera se me ocurre. Febrero, marzo, abril, mayo, junio, julio. En un momento dado ya podría, pero no quiero.

Con que Andrea apenas me roce, me dan ganas de matarlo.

Una noche, de vuelta en casa, oigo el rumor del mar como todos los días. Me doy cuenta de que ya no me da miedo. Es cierto, por la noche ya no duermo nunca, pero al menos ese rumor ya no me da miedo.

Me desnudo para acostarme, y en ese momento me doy cuenta de que estoy lista.

Puedo intentarlo. Puedo intentar que alguien entre en mi interior. Lo puedo hacer.

Tengo miedo mientras lo hago después de todo lo que ha pasado. Pero es también una sensación líquida, poderosa. Me palpitan las sienes y ya no puedo pensar.

TRES

Septiembre de 2022. He regresado a Sabaudia.

Mar.

Cuando empecé este libro, en noviembre de 2021, estaba convencida de que podría tener un final feliz. De nuevo esa esperanza absurda, esa obtusa certeza que no es verde, sino negra.

Estos meses me han enseñado que este libro no puede tener el final feliz que esperaba. No puedo terminarlo con: «Y ahora, mientras escribo, ahora puedo decirlo: late un corazón dentro de mí, y no es el mío».

Probablemente, eso nunca lo podré hacer.

Estos meses me han enseñado que para contar esta historia he tenido que cambiar mi manera de escribir y permitirme palabras como «corazón» y «amor», cuando no me las permito nunca. Como nunca me permito hablar de cosas mías que están dentro de esa barrera. Mientras escribía me decía: yo, que estoy acostumbrada a crear una ruta narrativa, un viaje del héroe, peripecias por las que el héroe pasa y luego gana o pierde, ¿qué hago? ¿Cómo escribo este libro? Tuve que rendirme, y cambiar.

Nunca he escrito libros que acaban bien. Mientras escribía, me di cuenta de que tenía que reconsiderar la expresión «final feliz», y, sobre todo, qué es un final feliz para esta historia.

No me engaño, nunca diré: estas niñas están siempre conmigo. Porque no están.

Y sin embargo, pienso todos los días en ellas. Como no podría ser de otro modo. Pienso en ellas todos los días como si vivieran. Pienso todos los días que querría tener un hijo. Cada sacrosanto minuto, cada sacrosanto segundo. Como no podría ser de otro modo.

El sol se está poniendo.

El mar de junio, julio y agosto también este año me ha hecho daño. Con su alegría y su luz, que ya no tenían nada que ver conmigo.

El mar de septiembre me desgarra el corazón. Pero es un desgarro muy dulce. El sol se incendia y se arroja al mar. El mar tiene otro color, melancólico. El cielo tiene otro color, inquieto.

El viento agita las olas y el mar está enojado, como yo.

Bebo mi cerveza, sola, delante del mar, hasta que se pone el sol, hasta que anochece, y mucho después.

Andrea y mis amigos me escriben: «¿Cuándo vuelves?». No me muevo del mar. No quiero moverme ya nunca de aquí. Yo, que normalmente odio estar sola, paso horas y horas en silencio mirando el mar de septiembre. Ese mar enfadado como yo.

Lo miro y toda esta agua, y esta bola incendiada de sol que se traga el mar, y este viento que se levanta y luego se calma corren dentro y fuera de mí como algo sensual.

No quiero irme nunca de aquí. Miro el mar hasta que ya no se ve, hasta que ya no se ve nada.

Casi he terminado mi libro. Faltan pocas líneas.
No me engaño, nunca diré: estas niñas están siempre conmigo. Porque no están.
Pero hay momentos como estos. Este de ahora. Siento que en mi interior corren ríos de adrenalina. Ya no es sangre; es adrenalina. Chorros de adrenalina.

Quiero tener adrenalina como para que me reviente el cerebro.

Bienvenida, adrenalina, lléname entera, entra dentro de mí, entra dentro de mí, inúndame.